L'avenir d'une illusion

Du même auteur

Aux Éditions du Seuil

L'Interprétation du rêve
traduit et présenté par Jean-Pierre Lefebvre
2010

Aux Éditions Points

Totem et Tabou
traduit par Dominique Tassel
et présenté par Clotilde Leguil
« Points Essais », n° 629
2010

Le Malaise dans la civilisation
traduit par Bernard Lortholary
et présenté par Clotilde Leguil
« Points Essais », n° 630
2010

Un souvenir d'enfance de Léonard de Vinci
traduit par Dominique Tassel
et présenté par Clotilde Leguil
« Points Essais », n° 658
2011

Sigmund Freud

L'avenir d'une illusion

Traduit de l'allemand par Bernard Lortholary
Présentation et notes par Clotilde Leguil

Éditions Points

Les nouvelles traductions des œuvres de Freud publiées par les Éditions du Seuil et les Éditions Points sont réalisées sous la direction de Jean-Pierre Lefebvre.

ISBN 978-2-7578-1988-3

Présentation

Désir et désarroi, la religion au miroir de la psychanalyse

> « Les biens eux-mêmes, les moyens de les acquérir et les dispositions prises pour les répartir ne peuvent être l'aspect essentiel ou unique de la civilisation[1]. »
>
> Freud

On a souvent reproché à la psychanalyse de n'être qu'une religion qui s'ignorerait elle-même. Son statut d'expérience subjective la rapprocherait en effet davantage de la religion que de la science. Comme dans l'expérience religieuse, l'analysant se verrait touché par une dimension qui le dépasse et qui éclairerait soudain son existence d'une lumière nouvelle. La découverte de vérités inconscientes sur son être grâce à l'interprétation analytique pourrait ainsi s'apparenter à une révélation, c'est-à-dire à la rencontre avec une dimension de l'existence inconnue auparavant et qui viendrait donner un sens déterminé à ce qui en était dépourvu jusque-là. Le rapport intime qu'un sujet entretient avec la psychanalyse peut ainsi sembler aussi incompréhensible aux yeux d'autrui que celui qu'un être entretient avec sa foi.

1. S. Freud, *L'Avenir d'une illusion*, présente édition, p. 45.

Car si l'on peut dire avec Freud que « de même qu'on ne peut forcer personne à croire, on ne peut forcer personne à ne pas croire[1] », on peut dire aussi que de même qu'on ne peut forcer personne à faire une analyse, on ne peut forcer personne à se détourner de la psychanalyse. Tout se passe donc comme si, dans la psychanalyse ou dans la religion, il ne servait à rien de chercher à opposer des arguments rationnels à ceux qui ont choisi cette voie, car le fondement caché de l'expérience se situerait ailleurs que dans la raison. C'est peut-être en effet ce qui rapproche la psychanalyse de la religion, au sens où l'une et l'autre répondent à un questionnement qui n'a pas trouvé à se résoudre dans la pensée rationnelle. Si l'angoisse peut conduire un sujet à s'interroger au cours d'une analyse sur la logique inconsciente de sa propre destinée, elle peut aussi bien conduire les êtres humains à trouver en Dieu la réponse à leur malaise existentiel. On peut ainsi voir dans l'expérience de l'angoisse un point de départ commun à la psychanalyse et à la religion, dès lors tenues pour deux modalités de réponse possible au questionnement d'un sujet sur son être.

Psychanalyse, pensée magique et rationalité technique

En poursuivant cette analogie, on pourrait alors s'employer à opposer science et psychanalyse, de même qu'on oppose science et religion, ou encore,

1. *Ibid.*, p. 82.

savoir et croyance. Il est vrai que l'approche *scientifique* de l'humain au XXIe siècle est radicalement antinomique avec l'approche psychanalytique. Les efforts contemporains pour penser la situation analytique à partir de l'expérimentation scientifique afin d'évaluer ses résultats, attribuant à l'analyste une posture d'expérimentateur et à l'analysant le statut d'objet d'expérimentation, témoignent d'une incapacité à saisir les données de l'expérience analytique, lesquelles ne peuvent être rabattues sur ce modèle expérimental issu des sciences de la nature. Les critiques adressées à la psychanalyse au nom du manque de scientificité de ses méthodes, de l'absence de preuves objectives de son efficacité, du caractère non réfutable de ses principes ont ainsi pour but de destituer la psychanalyse en tant que savoir, au profit d'autres techniques psychothérapeutiques qui, elles, se réclament de la science. Dès lors, la psychanalyse se verrait délégitimée en tant que théorie et en tant que pratique.

Le but de ces critiques contemporaines adressées à la psychanalyse est ainsi de faire valoir des méthodes expérimentales d'étude et de contrôle des conduites humaines permettant de ramener tout symptôme à un dysfonctionnement sans signification personnelle. En l'occurrence, il s'agit de mettre entre parenthèses tout ce qui sépare l'humain du règne animal, tout ce qui relève de l'histoire intime d'un sujet et le distingue aussi des autres, tout ce qui, dans le langage, n'est pas de l'ordre de la transmission de l'information mais de la trace d'une subjectivité vivante. Pour les partisans de la psychologie scientifique, les théories sur la souffrance humaine ne sont pertinentes que si elles sont capables de définir le fondement biologique d'un symptôme, ou si elles peuvent rendre compte des troubles à partir du paradigme du traitement de l'information. La psychologie cognitivo-comportementale, dont les critères d'évaluation objectifs conduisent à tenter de mesurer de façon mathématique le malaise, la souffrance et l'angoisse, prend ainsi appui sur le modèle de l'expérimentation scientifique pour penser la relation humaine qui peut s'instaurer entre le sujet et le psychothérapeute. Au regard de ces techniques, la psychanalyse, qui refuse de faire de l'humain un objet d'expérimentation, de voir dans le symptôme un dysfonctionnement par rapport à un comportement moyen adapté, de poser une frontière déterminée entre le normal et le pathologique, apparaît alors comme une méthode étrange et exceptionnelle, hétérogène au discours dominant de son époque. Ainsi, à l'époque du désenchantement du monde, elle fait figure, aux yeux des partisans du scientisme, de pensée magique qui prétend guérir par des mots à la façon dont les sorciers des tribus primitives pouvaient eux aussi soulager de leur souffrance les membres de la tribu, à l'aide de formules mystérieuses destinées à les subjuguer.

Pourtant, cette opposition entre psychanalyse et savoir scientifique, qui conduit à rabattre la psychanalyse du côté du religieux, repose sur une conception réductrice du savoir scientifique. Depuis Descartes, on peut considérer que la science se fonde sur l'usage d'idées claires et distinctes, ancrées dans la certitude d'un « Je pense » auquel remonte toute vérité. La dimension subjective n'est donc pas antinomique avec la rationalité ; elle apparaît même comme le fondement dernier de la raison, aussi bien théorique que pratique. De plus, la pensée sauvage a été reconnue par l'anthropologie structurale du XXe siècle comme une pensée rationnelle à part entière, qui obéit à des règles telles qu'on peut considérer que nous sommes bien « à l'étage de la culture[1] » et non à celui de la nature. Ainsi, le rapprochement entre la psychanalyse et la pensée magique ne conduit en rien à exclure la psychanalyse du champ de la rationalité mais conduit plutôt à élargir la rationalité à des modalités d'exercice de la pensée rejetées du champ du savoir par le positivisme scientiste au nom d'une conception techniciste de la pensée. La psychanalyse elle-même ne renie pas cette affinité avec la pensée sauvage, à condition que l'on revienne sur les préjugés positivistes qui font de cette pensée un simple balbutiement de la raison. Alors qu'il faisait valoir la fonction et le champ de la parole et du langage en psychanalyse[2] – afin de faire retour à Freud –, Jacques Lacan, dans les années 1950, n'avait pas hésité à s'appuyer sur la notion d'efficacité symbolique explicitée par Claude Lévi-Strauss à propos du mode d'action du chamane sur le souffrant pour rendre compte de la puissance du signifiant dans l'opération analytique elle-même.

Les techniques d'évaluation des conduites humaines qui ont le vent en poupe dans les pays occidentaux, et

1. C. Lévi-Strauss, *Les Structures élémentaires de la parenté*, Paris, PUF, 1949, p. 8.

2. J. Lacan, « Fonction et champ de la parole et du langage en psychanalyse », *Écrits*, Paris, Seuil, « Champ freudien », 1995, p. 237-322.

même au-delà, se réclament d'un modèle scientifique consistant avant tout à nier la valeur de la parole et de la subjectivité. Le sociologue Alain Ehrenberg a ainsi montré dans son étude sur la dépression[1] comment la souffrance humaine tendait, dans ce nouveau contexte culturel, à être pensée sur le modèle d'une panne mécanique qui n'appellerait pas tant la recherche d'une signification que la nécessité d'une rapide réparation. La rationalité mise en œuvre est celle que Max Weber a pu qualifier de rationalité technique : elle concerne la détermination des moyens nécessaires à mobiliser en vue de l'obtention de fins. Ces techniques peuvent apparaître elles-mêmes comme des techniques de suggestion reposant sur la croyance en un homme normal dont la conduite correspondrait à la moyenne, et sur la foi en la possibilité de rééduquer l'homme à partir de simples consignes à suivre. On pourrait alors, à l'instar de Max Weber, affirmer que la rationalisation croissante ne signifie pas tant que nous nous connaissons mieux nous-même mais que nous croyons pouvoir « maîtriser toute chose par la *prévision*[2] ». Ainsi, la croyance en la possibilité de *savoir pour prévoir, et prévoir pour agir*, selon la maxime positiviste d'Auguste Comte, apparaîtrait du même coup comme une croyance en la toute-puissance de la science pour résoudre le « problème humain[3] ».

1. A. Ehrenberg, *La Fatigue d'être soi. Dépression et société*, Paris, O. Jacob, 1998.

2. M. Weber, *Le Savant et le Politique*, trad. J. Freund, Paris, UGE, « 10/18 », 1963, p. 68.

3. J.-P. Dupuy, *Aux origines des sciences cognitives*, Paris, La Découverte, « La Découverte poche », 1999, p. 86.

On peut alors se demander si la perspective qui consiste à ramener la psychanalyse du côté de la religion et la psychologie cognitivo-comportementale du côté de la science dure ne peut pas être renversée. Est-il plus rationnel de croire en la possibilité de maîtriser les conduites humaines au point de concevoir l'homme sur le modèle de la machine que de croire en la dimension irréductible de la subjectivité elle-même définie à partir de la parole et de ses effets ? Si la psychanalyse se réclame depuis Freud de la rationalité, c'est qu'elle se déploie dans la dimension du logos, et non pas du spiritualisme, de la mystique ou de la parapsychologie. Cependant la raison à l'œuvre dans la psychanalyse n'est pas de l'ordre du calcul mais de l'ordre d'une pratique interprétative qui se fonde sur le sens inconscient du discours d'un sujet à propos de sa propre existence. C'est pour faire reconnaître cette forme nouvelle de la rationalité que Freud s'est employé à rendre compte de sa découverte, à travers ses œuvres et sa pratique de psychanalyste.

La psychanalyse est en effet née de la découverte d'un principe de causalité qui n'est pas organique mais psychique. Les paroles d'un patient lorsqu'il évoque son symptôme obéissent à un déterminisme inconscient qui relève d'un principe de cause à effet que Freud s'attache à restituer. Dans cette entreprise d'interprétation, il se réfère volontiers à la science de la nature pour rendre compte de la technique psychanalytique. « Nous donnons le nom de psychanalyse au travail qui consiste à ramener jusqu'au conscient du malade les éléments psychiques refoulés. Pourquoi l'avoir appelé "analyse", ce mot signifiant décomposition, désagrégation ? Ne fait-il pas penser au travail fait par le chimiste sur les substances qu'il trouve dans la nature et qu'il apporte au laboratoire ? Eh bien, parce qu'à un certain point, l'analogie est réelle[1]. » Ainsi, en 1918, dans sa conférence sur « Les nouvelles voies de la thérapeutique psychanalytique » au Ve Congrès psychanalytique à Budapest, Freud explicite le sens du mot « analyse » dans « psychanalyse » à partir d'une analogie avec la science de la chimie.

« Nous ramenons les symptômes aux émois instinctuels qui les ont motivés et, de même que le chimiste décèle dans un sel l'élément chimique rendu méconnaissable par sa combinaison avec d'autres éléments, nous faisons apparaître dans les symptômes présentés par le malade les facteurs instinctuels jusqu'alors ignorés par le patient[2]. » La psychanalyse opère donc à partir d'une décomposition des éléments du discours un détachement des signifiants les uns des autres, opération qui s'apparente au travail du chimiste qui extrait les composants d'un mélange afin d'en définir la composition exacte. Comme on utilise l'adjonction d'un catalyseur pour isoler l'élément qui restait indistinct dans le mélange initial, le psychanalyste utilise l'interprétation afin de faire apparaître ce qui surgissait de façon voilée. Le discours du patient est ainsi une sorte de mélange dont il appartient au psychanalyste de détacher les composants afin de déceler les éléments refoulés qui rendent

1. S. Freud, *Les Voies nouvelles de la thérapeutique psychanalytique*. *La Technique psychanalytique*, trad. A. Berman, Paris, PUF, « Bibliothèque de psychanalyse », 1999, p. 132.
2. *Ibid.*

compte de la causalité psychique du symptôme. Dès lors, l'interprétation des rêves, le déchiffrement du message silencieux du symptôme, l'attention portée à un acte manqué ne relèvent pas d'une croyance religieuse en une prédétermination transcendante, mais d'une analyse de la causalité inconsciente des manifestations psychiques, dont le sens est inexplicable du point de vue de la conscience. Il s'agit donc avec la psychanalyse d'une nouvelle forme de rationalité, celle qui, renouant avec le sens grec de la raison, considère la valeur du logos comme première pour accéder à une forme de vérité.

La croyance religieuse et sa signification inconsciente

Si d'un côté Freud se réclame de la rationalité afin de rendre compte de la logique de l'inconscient, d'un autre côté il s'intéresse à la croyance, depuis ses formes les plus primaires jusqu'à ses formes les plus élaborées : il y voit non pas le simple surgissement de l'irrationnel au cœur de la pensée mais la manifestation déguisée d'une pensée inconsciente dont la signification peut être retrouvée. Ainsi, « celui qui a eu l'occasion d'étudier à l'aide de la psychanalyse les tendances cachées de l'homme se trouve également en état de connaître pas mal de choses sur la qualité des motifs inconscients qui se manifestent dans la superstition[1] ». Dès 1901, dans

1. *Id.*, *Psychopathologie de la vie quotidienne*, trad. S. Jankélévitch, Paris, Payot, « Petite Bibliothèque Payot », 1996, p. 297.

La Psychopathologie de la vie quotidienne, il montre comment la psychanalyse appréhende la superstition elle-même, non pas comme un défaut de savoir, mais comme la formulation d'une crainte qui trouve son origine dans une idée inconsciente. « C'est chez les névrosés, souvent très intelligents et souffrant d'idées obsédantes et d'états obsessionnels, qu'on constate avec le plus de netteté que la superstition a sa racine dans des tendances refoulées, d'un caractère hostile et cruel[1]. » La psychanalyse ne considère donc pas que la superstition soit dénuée de sens, mais affirme que le sens qu'elle recèle est déformé par l'opération du refoulement qui rend le contenu même de la pensée méconnaissable aux yeux de la conscience. Ainsi, les patients souffrant de névrose obsessionnelle peuvent être la proie de croyances superstitieuses malgré leur capacité par ailleurs à raisonner, malgré leur culture, malgré leur intelligence. Ce qui est craint dans la superstition, et qui conduit un sujet à accomplir des actes étranges de conjuration, est le produit du retour du refoulé déplacé sur des événements qui permettent d'en masquer le contenu véritable.

De même que Freud voit dans la superstition la manifestation d'une pensée inconsciente, il voit dans les dogmes religieux des représentations psychiques qui revêtent une signification précise du point de vue de l'inconscient. Par conséquent, la croyance n'est pas selon lui dénuée de fondement rationnel. La façon dont la religion a pu se constituer à partir d'un corps de dogmes devenus croyances communes ins-

1. *Ibid.*, p. 298.

titutionnalisées peut être analysée à partir des tendances cachées de l'homme. Freud applique donc la psychanalyse aux croyances religieuses en tant que productions psychiques de la civilisation. Il considère les représentations religieuses comme « la pièce la plus importante peut-être que comporte l'inventaire psychique d'une civilisation[1] », car elles concernent les questions les plus profondes que l'être humain peut se poser, qui touchent à l'existence, à la mort et au sens de la création.

Trois textes de Freud, correspondant chacun à trois temps différents de son élaboration théorique, proposent une analyse des représentations religieuses et de leur fonction dans la civilisation. *Totem et Tabou*, paru en 1912, constitue une interrogation sur l'origine de la religion. Ce premier texte est consacré à la croyance, avant même toute référence à la divinité. Le totémisme est ainsi considéré par Freud comme la forme primitive de la religion, qui énonce sur un mode inaugural les interdits fondateurs de la civilisation. La thèse qu'il développe d'une concordance entre la vie psychique des névrosés et celle des primitifs lui permet d'expliciter le sens des symptômes comme les obsessions ou la phobie, à la lumière de la fonction des rites primitifs des sauvages. Ainsi, « l'homme des premiers temps [...] est encore notre contemporain dans un certain sens[2] », car la façon dont les sauvages ont pu rendre compte de leur pensée à partir de leur culture, de leurs rites,

1. *Id.*, *L'Avenir d'une illusion*, présente édition, p. 52.
2. *Id.*, *Totem et Tabou*, trad. D. Tassel, Paris, Points, « Points Essais », 2010, p. 39.

de leurs croyances permet d'entrapercevoir leur proximité avec l'homme moderne qui souffre de névrose. La crainte de l'inceste, la toute-puissance des pensées, l'ambivalence des sentiments constituent des traits de la vie psychique des sauvages qui éclairent les symptômes obsessionnels et phobiques des névrosés sous un nouveau jour.

Le deuxième texte de Freud sur la religion, *L'Avenir d'une illusion*, paru en 1927, apparaît d'emblée comme une critique de celle-ci. Freud confère à la religion le statut d'illusion et s'interroge sur la capacité de l'être humain à se passer de cette illusion dans l'avenir. Il a bien conscience de défendre une thèse qui pourrait éveiller l'hostilité de ses contemporains. « On voit maintenant, dira-t-on, à quoi mène la psychanalyse. Le masque est tombé ; à nier Dieu et l'idéal moral, comme nous l'avons toujours soupçonné[1]. » Ce qui l'inquiète, ce n'est pas tant l'animosité que pourrait susciter un tel essai à l'égard de sa propre personne que les effets néfastes de son propos sur son invention elle-même. Freud s'interroge donc sur les conséquences éthiques et politiques de ce texte. La psychanalyse ne risque-t-elle pas d'être tenue pour une entreprise de destruction des valeurs morales ? En s'attaquant à la religion et à sa fonction dans la civilisation, Freud ne s'expose-t-il pas à nuire à sa propre création, dès lors qu'il en fait l'agent d'une remise en question de la transcendance des interdits ? La finalité de la psychanalyse est-elle de saper les fondements de la religion afin de délivrer l'être humain de la culpabilité et de l'ascétisme ?

1. *Id.*, *L'Avenir d'une illusion*, présente édition, p. 88.

Le but de Freud n'est pourtant pas d'anéantir les fondements de la morale. On peut situer son essai dans la lignée des philosophes des Lumières, au sens où il s'agit de faire valoir le fondement humain et donc rationnel des interdits et des lois. *L'Avenir d'une illusion* est ainsi à certains égards le plus philosophique des textes freudiens. « Je n'ai rien dit que des hommes de plus grande qualité n'aient dit avant moi de façon bien plus complète, plus forte et plus impressionnante. Les noms de ces hommes sont connus, je ne les citerai pas, il ne faut pas que l'impression soit donnée que je veux me placer dans leur rang. J'ai uniquement – c'est tout ce qu'il y a de neuf dans mon exposé – ajouté à la critique de mes grands prédécesseurs un peu d'argumentation psychologique[1]. » Il s'agit en effet pour Freud, en critiquant la religion, de faire progresser l'humanité vers ce que Kant avait appelé en 1784 la majorité, c'est-à-dire vers la capacité à se servir de son propre entendement. C'est ainsi que le philosophe allemand définissait les Lumières comme « la sortie de l'homme de sa Minorité, dont il est lui-même responsable[2] ». La démarche de Freud peut de fait s'inscrire dans la tradition philosophique de l'*Aufklärung*, qui consistait à éclairer l'opinion afin de faire progresser l'humanité vers un état de moralité. En ce sens, pour Freud « ce serait un indubitable avantage que de laisser Dieu tout à fait hors du jeu

1. *Ibid.*, p. 86.
2. E. Kant, « Réponse à la question : Qu'est-ce que les Lumières ? », *La Philosophie de l'histoire*, trad. S. Piobetta, Paris, Denoël, 1986, p. 46.

et d'avouer honnêtement l'origine purement humaine de toutes les institutions et prescriptions de la civilisation [...]. Les hommes pourraient comprendre que ce sont là des choses créées non pas tant pour les dominer, mais bien plutôt pour servir leurs intérêts, ils y gagneraient un rapport plus amical avec elles, ils se fixeraient pour but, au lieu de leur abolition, seulement leur amélioration[1] ». Ainsi, plutôt que de développer une attitude hostile à l'égard de la civilisation, les individus pourraient être à même de saisir la nécessité des renoncements pulsionnels que leur impose la vie en communauté, sans y voir l'obligation de se soumettre à des lois, qu'ils n'auraient pas choisies. La critique freudienne de la religion se fait donc au nom de la croyance en un progrès possible de l'esprit humain, grâce à l'éducation et à la diffusion du savoir.

Le troisième texte de Freud sur la religion est aussi le dernier texte de l'œuvre freudienne. *L'Homme Moïse et la Religion monothéiste*, paru en 1939, se compose de trois essais, centrés sur la figure de Moïse comme fondateur du monothéisme. Freud y reprend ses thèses, développées vingt-six ans plus tôt dans *Totem et Tabou*, et s'interroge sur la fonction du grand homme dans la civilisation, qui représente pour ses contemporains un idéal exemplaire. Le mythe de la horde originaire, développé en 1912 par Freud à partir d'une référence à Charles Darwin et à Robertson Smith, avait alors fait émerger l'hypothèse du meurtre du premier père, meurtre au fondement de la civilisation, et de la commé-

1. S. Freud, *L'Avenir d'une illusion*, présente édition, p. 95.

moration de ce meurtre inaugural sous la forme du repas totémique. Le texte consacré à Moïse reprend ce qui a toujours retenu l'attention de Freud dans la religion, c'est-à-dire la fonction du Père dans la civilisation mais aussi son rapport avec les symptômes des névrosés. « Nous savons qu'il existe dans la masse humaine le fort besoin d'une autorité que l'on puisse admirer, devant laquelle on s'incline, par laquelle on est dominé et éventuellement maltraité. La psychologie de l'individu nous a appris d'où vient ce besoin de la masse. C'est la nostalgie du père, qui habite en chacun depuis son enfance, de ce même père que le héros de la légende s'enorgueillit d'avoir dépassé. Et dès lors nous pouvons entrevoir que tous les traits dont nous parons le grand homme sont des traits paternels, que c'est dans cette concordance que consiste l'essence du grand homme que nous cherchions en vain[1]. » La réflexion de Freud sur la figure de Moïse conduit ainsi l'inventeur de la psychanalyse à achever son œuvre en traitant de la question du rapport au père mort comme fondement de la civilisation. *L'Avenir d'une illusion* se situe donc entre ces deux grands textes de Freud que sont *Totem et Tabou* et *L'Homme Moïse et la Religion monothéiste*. De 1912 à 1939, on passe du totem protecteur du clan au grand homme fondateur d'une religion, après une réflexion sur le désarroi de l'être humain dans un monde sans Dieu.

1. *Id.*, « Moïse, son peuple et la religion monothéiste », *L'Homme Moïse et la Religion monothéiste*, trad. C. Heim, Paris, Gallimard, « Folio essais », p. 207.

La religion face au malaise dans la civilisation

Parmi les grands penseurs qui l'ont précédé dans la formulation d'une critique de la religion, il y en a un auquel Freud rend hommage, sans le citer, par le titre même qu'il donne à son essai. *L'Avenir d'une illusion* fait en effet écho au célèbre propos de Marx de 1843 sur la religion comme « bonheur illusoire[1] » du peuple qui fait obstacle à son bonheur réel. Au sein d'une réflexion politique sur la fonction idéologique de la religion, Marx considérait que cette dernière participe de l'aliénation du peuple. Ainsi, la signification réelle de la religion est d'exprimer la souffrance du peuple, tout en le maintenant dans des conditions sociales qui perpétuent sa domination. « La religion est le soupir de la créature opprimée, l'âme d'un monde sans cœur, comme elle est l'esprit des conditions sociales d'où l'esprit est exclu[2]. » Marx reprochait à la croyance religieuse d'agir comme un narcotique adoucissant la souffrance du peuple opprimé, mais ôtant en même temps aux êtres humains la force nécessaire pour se révolter contre un état d'injustice sociale. La religion devenait dès lors, selon la célèbre formule, « *l'opium* du peuple[3] ». Nul doute que la critique de la religion apparaisse par conséquent nécessaire pour Marx, car « la religion n'est que le soleil illusoire qui gravite autour de

1. K. Marx, *Critique du Droit politique hégélien, Sur la religion*, trad. G. Badia, P. Bange et E. Bottigelli, Paris, Éd. sociales, 1975, p. 41.
2. *Ibid.*
3. *Ibid.*

l'homme tant que l'homme ne gravite pas autour de lui-même[1] ».

En assignant à la religion le statut d'une illusion, Freud se situe ainsi dans la filiation de Marx. Mais s'il peut suivre Marx à propos de son diagnostic sur la religion, il s'écarte de sa conception de la civilisation. « On est tenté de penser que serait possible un règlement nouveau des relations humaines tel qu'il ferait se tarir les sources de l'insatisfaction qu'inspire la civilisation, en la faisant renoncer à la contrainte et à la répression des pulsions, de sorte que les êtres humains pourraient s'adonner, sans être perturbés par aucun conflit interne, à leur conquête de biens et à leur jouissance. Ce serait l'âge d'or, la seule question étant de savoir si un tel état est réalisable[2]. » Si, pour Freud, une civilisation qui perpétue des inégalités violentes entre les hommes est indigne et ne mérite pas de perdurer, la civilisation ne peut en revanche faire disparaître toutes les privations au point d'être pour l'individu objet de satisfaction totale. Un tel état lui apparaît aussi illusoire que la religion elle-même. L'âge d'or que serait la disparition de tout malaise dans la civilisation est une illusion. La critique de la religion chez Freud ne se fait donc pas au nom d'une utopie politique. Freud ne croit pas en la possible disparition de la violence et des tendances antisociales de l'individu, car la civilisation ne peut elle-même se construire sans susciter une certaine hostilité à son égard. « Il semble […] que toute

1. *Ibid.*
2. S. Freud, *L'Avenir d'une illusion*, présente édition, p. 40-41.

civilisation doive nécessairement s'édifier sur la contrainte et le renoncement aux pulsions[1] », et la question est seulement de savoir dans quelle mesure on peut parvenir « à réduire le fardeau de sacrifices pulsionnels imposés aux êtres humains, à les réconcilier avec les sacrifices nécessairement irréductibles et à les en dédommager[2] ».

Sa critique de la religion ne se fait pas non plus au nom d'un hédonisme qui prônerait, de concert avec la disparition de la religion, la cessation de toutes les privations infligées à l'humanité. « Nous avons parlé de l'hostilité à la civilisation induite par la pression qu'elle exerce et les renoncements pulsionnels qu'elle exige. Si l'on imagine ses interdits supprimés [...], quel enchaînement de satisfactions serait alors la vie[3] ! » On peut rêver d'anéantir la civilisation et toutes ses contraintes en invitant les êtres humains à transgresser les interdits, et à se satisfaire sans limites. Mais ce rêve témoigne d'un manque de perspective radical, d'une vue bien courte de l'avenir de l'humanité. Car « tout autre être humain a exactement les mêmes désirs que moi et ne me traitera pas avec plus de ménagement que je ne le traite. Il n'y a au fond qu'une personne qui puisse trouver un bonheur sans limite dans une telle suppression des limitations imposées par la civilisation, c'est un tyran, un dictateur qui s'est emparé de tous les moyens de pouvoir, et même lui a tout lieu de souhaiter que les

1. *Ibid.*, p. 41.
2. *Ibid.*, p. 41-42.
3. *Ibid.*, p. 53.

autres respectent au moins l'un des interdits de la civilisation : tu ne tueras point[1] ». La critique de la religion n'a donc pas pour but l'abolition de la morale. Si Freud peut faire de la religion une illusion en un sens précis, il ne considère pas comme étant moins illusoire la perspective hédoniste qui ferait de la seule recherche du plaisir le but ultime de la civilisation. Seul un tyran peut aspirer à la suppression de tous les interdits pour lui-même, à condition de maintenir les autres individus dans l'assujettissement total à sa propre volonté arbitraire. La critique de Freud ne se fait donc ni au nom d'un idéal communiste, ni au nom de la recherche du bien-être absolu de l'individu.

Le propos de Freud a pour point d'ancrage une réflexion sur la civilisation et ses impasses qui ne sera pleinement déployée qu'en 1930 dans *Le Malaise dans la civilisation*. L'essai de 1927 présente la religion comme une des réponses possibles au malaise dans la civilisation. Mais cette réponse ne lui apparaît pas véritablement susceptible de diminuer la tension entre l'individu et les exigences de la civilisation. Il s'agit pour Freud de se demander si une civilisation peut se passer de religion, autrement dit, dans la perspective qui est la sienne, si une civilisation peut s'édifier sans la figure d'un Père tout-puissant et protecteur qui, divinisant les interdits, leur assurerait du même coup une efficacité parmi les hommes. La question de Freud porte dès lors sur les conditions de possibilité de l'athéisme dans la civilisation.

1. *Ibid.*

De l'illusion comme réponse au désarroi

Freud considère les représentations religieuses du point de vue de leur genèse psychique. Il s'interroge sur la force des dogmes de la religion, alors que ceux-ci ne reposent ni sur l'expérience, ni sur la connaissance de chacun. Il définit ainsi les représentations religieuses comme « des axiomes, des propositions portant sur des faits ou des rapports existant au sein de la réalité extérieure (ou intérieure), qui véhiculent quelque chose qu'on n'aurait pas trouvé soi-même et qui revendiquent qu'on y ajoute foi. Comme elles renseignent sur ce qu'il y a pour nous de plus important et de plus intéressant dans la vie, elles sont tenues en particulièrement haute estime[1] ». Ces propositions que nous n'avons pas trouvées nous-même, qui nous viennent de notre civilisation, nous les tenons pourtant pour des vérités sacrées dans la mesure où elles nous éclairent sur ce que nous ne comprenons pas. « Il faut se demander en quoi consiste la force interne de ces dogmes, à quelles circonstances ils doivent leur efficacité indépendante de leur reconnaissance par la raison[2]. » La tradition peut-elle suffire à donner toute sa puissance à ces dogmes ? Comment expliquer qu'il soit interdit, par la religion elle-même, de poser la question de la crédibilité de ses dogmes ? Alors que la religion s'édifie sur des commandements, qui restreignent les possibilités de satisfaction de l'être humain, sa force, selon Freud,

1. *Ibid.*, p. 70.
2. *Ibid.*, p. 77.

ne résiderait pas tant dans la valeur de son idéal que dans la fonction psychique de ses représentations.

L'originalité de la thèse de Freud en 1927 est de définir la religion non pas à partir d'un renoncement aux désirs, d'une aspiration au sacrifice de soi ou d'un idéal ascétique, mais au contraire à partir de l'accomplissement d'un désir. Si Freud qualifie la religion d'illusion, ce n'est donc pas pour la vider de toute vérité. En effet, l'illusion n'a pas à ses yeux le même statut que l'erreur. Elle n'est pas de l'ordre du jugement erroné, ou de la faute de raisonnement. C'est sa fonction économique qui, pour Freud, définit l'illusion. Un dogme religieux est une représentation qui nous procure une satisfaction, laquelle explique le lien d'amour que l'on entretient avec elle. En effet, « ce qui reste caractéristique de l'illusion, c'est qu'elle dérive de désirs humains[1] » et par conséquent que nous y sommes attachés. Les représentations religieuses « qui se donnent pour des dogmes, ne sont pas des précipités d'expériences ni des résultats d'une pensée, ce sont des illusions, des accomplissements des désirs les plus anciens, les plus forts, les plus urgents de l'humanité ; le secret de leur force est la force de ces désirs[2] ».

Quels sont dès lors ces désirs si anciens, si puissants, si urgents que les représentations religieuses accomplissent ? On pourrait dire que les désirs les plus profonds de l'être humain conduisent tous au vœu d'être heureux et de ne pas faire l'expérience de la souffrance. Or le bonheur serait bien mieux

1. *Ibid.*, p. 79-80.
2. *Ibid.*, p. 78.

assuré si une puissance suprême se préoccupait de l'ordre du monde et des affaires humaines. « Nous nous disons que ce serait très beau qu'il y eût un Dieu créateur des mondes et une providence bienveillante [...], mais qu'il est tout de même très frappant que tout cela soit tel que nous nous le souhaitons nécessairement[1] ». Ainsi, Freud voit dans la figure de Dieu une instance qui correspond à un désir profond de tout être humain. Mais si le bonheur de l'être humain semble ainsi devoir être lié à l'existence d'une puissance supérieure, c'est que le malheur apparaît précisément dans l'expérience de l'absence de protection et dans le fait d'être exposé à la contingence d'événements traumatiques. La psychanalyse dévoile à ce titre le fondement inversé de la religion.

Ce n'est donc pas un hasard si *L'Avenir d'une illusion* fait suite, dans l'œuvre de Freud, au texte sur *Inhibition, Symptôme et Angoisse*. En effet, la question posée par ce dernier texte est celle de la cause de l'angoisse et de son lien avec l'expérience du traumatisme, confrontation avec une situation concrète de délaissement. « L'angoisse est la réaction au danger[2] » et l'on éprouve le danger comme la réminiscence d'une situation traumatique au sein de laquelle le sujet s'est vu lui-même disparaître. Le traumatisme, dans lequel Freud voit, dès le début de sa découverte de l'inconscient, une cause originelle de refoulement, se présente en 1926 comme la première

1. *Ibid.*, p. 83.
2. *Id.*, *Inhibition, Symptôme et Angoisse*, trad. J. et R. Doron, Paris, PUF, « Quadrige », p. 62.

figure du désarroi auquel l'être humain doit faire face au début de son existence.

Ainsi, le propos de Freud sur la religion et son lien intime avec l'angoisse humaine vise à montrer comment la civilisation peut proposer une réponse collective au désarroi et tenter de produire une communauté entre les êtres humains en se fondant sur la croyance en la possibilité d'échapper à ce désarroi. La force de la religion vient donc de la force du désir de chacun qui le pousse à fuir l'angoisse en tant qu'elle met en danger le sujet lui-même. Pour Freud, « c'est l'effrayante impression de désarroi chez l'enfant qui a suscité le désir de protection – protection par l'amour – qu'a comblé le père, et [...] la notion de la persistance de ce désarroi tout au long de la vie qui a fait se raccrocher à l'existence d'un Père – mais désormais plus puissant. Du fait de l'action bienveillante de la providence divine, l'angoisse devant les dangers de la vie est apaisée, l'instauration d'un ordre éthique du monde assure que s'accomplisse l'exigence de justice restée si souvent inaccomplie au sein de la civilisation humaine, le prolongement de l'existence par une vie future fournit le cadre spatial et temporel dans lequel sont censés avoir lieu ces accomplissements de désirs[1] ».

Freud dévoile ainsi le noyau infantile de la demande de bonheur de l'être humain. Tout enfant fait l'expérience du désarroi, c'est-à-dire d'un moment où le secours qu'il attend ne vient pas ; tout enfant désire donc qu'il existe un être qui pourrait lui épargner cette expérience effroyable, et tout enfant croit

1. *Id.*, *L'Avenir d'une illusion*, présente édition, p. 78-79.

que le père est cet être-là. L'angoisse éprouvée par l'être humain commémore ainsi le désarroi infantile. Le désarroi existentiel conduit à désirer l'existence d'un Dieu tout-puissant, avec lequel on pourrait entretenir des rapports aussi intimes qu'avec un père bienveillant. De même que l'enfant désire que son père soit cet être tout-puissant qui pourrait l'arracher à l'expérience de la souffrance, l'adulte désire qu'un Dieu garantisse le sens de l'ordre du monde et le protège contre les dangers de l'existence.

On peut par conséquent voir dans la perspective freudienne de 1927 une interrogation qui préfigure celles des philosophes de l'existence durant la première moitié du XXe siècle en Allemagne et en France. La traduction élégante de Bernard Lortholary du terme allemand d'*Hilflösigkeit* par le terme français de *désarroi* donne à l'expérience de détresse soulignée par Freud une portée existentielle. Le désarroi de l'enfant que le père ne viendrait pas secourir fait en effet écho au délaissement existentialiste, qui a pour point d'origine l'inexistence de Dieu. Comme le dira Lacan en 1974 en écho à la phrase de Dostoïevski commentée en 1945 par Sartre[1], « Dieu est mort, plus rien n'est permis[2] ». C'est l'éventualité d'un monde sans Dieu qui fait surgir l'angoisse comme affect privilégié de l'existence humaine. Si « Dieu est mort », l'homme est condamné à ne pouvoir échapper à l'expérience de

1. J.-P. Sartre, *L'existentialisme est un humanisme*, Genève, Nagel, 1970.

2. J. Lacan, *Le Triomphe de la religion*, Paris, Seuil, « Champ freudien », 2005, p. 36.

l'angoisse, corrélative du délaissement. Car si on peut croire que la disparition de Dieu signifie que dorénavant « tout est permis », on peut aussi apercevoir qu'elle signifie plus profondément qu'il n'existe plus d'Autre pour interdire, mais aussi plus d'Autre pour autoriser. Ainsi lorsque plus rien n'est ni interdit ni permis, l'être humain est comme abandonné à l'exigence pulsionnelle qui, en dernier ressort, prend la forme de ce que Freud appellera dans *Le Malaise dans la civilisation* la pulsion de mort.

Plutôt que de fuir le désarroi dans une réponse collective qui invite à résoudre le malaise dans l'illusion de sa disparition, grâce à la croyance en un Être tout-puissant capable de réconcilier le Bien, le Bon et le Vrai – illusion qui selon Freud ne nous rendrait ni plus heureux, ni plus moraux –, le sujet est aussi susceptible de se confronter à ce qui lui manque afin de saisir comment son propre désir peut devenir le lieu même d'une expérience éthique. Freud croit en la possibilité d'affronter le désarroi pour accéder à une liberté responsable, celle de l'être humain doué de logos. Certes, l'homme sans religion « se trouvera [...] dans une situation difficile, il sera forcé de s'avouer l'ampleur de son désarroi, qu'il est quantité négligeable dans le mécanisme de l'univers, qu'il n'est plus le centre de la création, plus l'objet de la tendre sollicitude d'une providence bonne[1] ». Mais il pourra compter sur ce qui dépend de lui, c'est-à-dire sur sa capacité à saisir le sens secret de son existence à partir de son histoire singulière, qui fait de lui un

1. S. Freud, *L'Avenir d'une illusion*, présente édition, p. 106-107.

sujet dont le malaise n'a rien de commun avec celui d'autrui.

Si, comme le montrera Lacan en 1960 dans son séminaire sur *L'Éthique de la psychanalyse*, « en chacun de nous, il y a la voie tracée pour un héros[1] », c'est que justement l'héroïsme de l'être humain, du point de vue de la psychanalyse, ne dépend pas tant de la reconnaissance par autrui de notre grandeur que de notre capacité à affronter le désarroi comme expérience intime de notre être. Car celui qui sait ne pas fuir sa propre angoisse sera aussi celui qui ne fuira pas son propre désir. Rien ne peut dans ces conditions nous sauver de notre angoisse que le Dieu Logos, c'est-à-dire notre propre croyance en la valeur de la parole et en sa fonction éthique. Rien ne peut conférer à notre existence le sens que nous en attendons que nos propres actes lorsqu'ils sont éclairés par le courage de résister à la pulsion de mort et celui de ne pas céder sur ce que doit nous coûter l'accès à notre désir, comme « métonymie de notre être[2] ».

Clotilde LEGUIL

1. J. Lacan, *Le Séminaire, livre VII. L'éthique de la psychanalyse*, texte établi par J.-A. Miller, Paris, Seuil, « Champ freudien », 1986, p. 368.
2. *Ibid.*, p. 371.

Note liminaire

Éditions allemandes

1927. *Die Zukunft einer Illusion*, Leipzig, Vienne, Zurich, Internationaler Psychoanalytischer Verlag.
1928. In : *Gesammelte Schriften*, Leipzig, Vienne, Zurich, Internationaler Psychoanalytischer Verlag, 1924-1934, t. XI.
1948. In : *Gesammelte Werke*, Londres, Imago Publishing Co., Ltd., 1940-1952, t. XIV.
1974. In : *Studienausgabe*, Francfort, Fischer Verlag, 1969-1975, t. IX.
1993. *Massenpsychologie und Ich-Analyse. Die Zukunft einer Illusion*, Francfort, Fischer Taschenbuch Verlag (reprint de l'édition de 1948 chez Imago Publishing Co.).

Traductions françaises

1932. *L'Avenir d'une illusion*, traduit de l'allemand par Marie Bonaparte, Paris, Denoël et Steel.
1991. Même texte, Paris, PUF, « Bibliothèque de psychanalyse ».
2002. *L'Avenir d'une illusion*, *Œuvres complètes. Psychanalyse*, vol. XVIII, traduit de l'allemand par Janine Altounian, Anne Balseinte, André Bourguignon *et al.*, deuxième

édition mise à jour, Paris, PUF, « Œuvres complètes de Freud ».

2002. *L'Avenir d'une illusion*, traduit de l'allemand par Anne Balseinte, Jean-Gilbert Delarbre, Daniel Hartmann *et al.*, PUF, « Quadrige ».

2010. Même texte, PUF, « Quadrige. Grands textes ».

2010. *L'Avenir d'une illusion*, traduit de l'allemand par Ole Hansen-Løve, Paris, Hatier, « Classiques & Cie ».

Traduction anglaise

1928. *The Future of an Illusion*, traduit de l'allemand par W. D. Robson-Scott, New York, H. Liveright and the Institute of Psycho-Analysis.

L'avenir d'une illusion

(1927)*

* Les notes appelées par des chiffres sont celles de Freud. Les notes appelées par des lettres ont été rédigées par Clotilde Leguil pour la présente édition.

I

Lorsqu'on a vécu tout un temps à l'intérieur d'une civilisation donnée et qu'on s'est souvent efforcé de discerner ce que furent ses origines et le chemin suivi par son évolution, il arrive qu'on éprouve la tentation de tourner le regard dans l'autre direction et de se demander quel destin ultérieur attend cette civilisation et quels changements elle est destinée à subir. Mais on s'apercevra bientôt qu'une telle enquête est d'emblée invalidée par plusieurs facteurs. Avant tout, par le fait qu'il n'y a que peu de personnes capables d'avoir une vue d'ensemble sur le fonctionnement humain dans toutes ses extensions. Pour la plupart, la limitation à un seul domaine, ou à un petit nombre, est devenue nécessaire ; or, moins quelqu'un en sait sur le passé et le présent, plus son jugement sur l'avenir s'en trouvera incertain. En outre parce que, précisément dans un jugement ainsi porté, les attentes subjectives de l'individu jouent un rôle immense ; or, celles-ci se montrent dépendantes d'éléments purement personnels de son expérience propre, de son attitude plus ou moins animée d'espoir face à la vie, telle qu'elle lui a été prescrite par son tempérament, le succès ou l'insuccès. Enfin se fait sentir l'influence d'un fait remarquable : le fait que les êtres humains, en général, vivent leur présent de manière quasi naïve, sans être capables d'en apprécier les contenus ; il leur faut d'abord prendre du recul par rapport à ce présent, c'est-à-dire qu'il faut d'abord qu'il soit devenu du passé, si l'on veut en tirer des repères pour juger de l'avenir.

Donc, celui qui cède à la tentation d'émettre un propos sur l'avenir vraisemblable de notre civilisation fera bien de se rappeler les réserves qu'on vient d'évoquer, ainsi que l'incertitude qui, très généralement, s'attache à toute prédiction. Il en résulte pour moi que, me hâtant de fuir devant une tâche trop vaste, je vais aussitôt me rendre sur le petit domaine partiel qui a d'ailleurs jusqu'ici retenu mon attention, me contentant d'abord de déterminer sa position dans le grand ensemble.

La civilisation humaine – j'entends par là tout ce en quoi la vie humaine s'est élevée au-dessus de ses conditions animales et en quoi elle se distingue de la vie des bêtes, et je me refuse à séparer culture et civilisation[a] – présente notoirement à l'observateur deux côtés. D'une part, elle englobe tout le savoir et le savoir-faire que les hommes ont acquis pour maîtriser les forces de la nature et arracher à celle-

a. Cette remarque de Freud autorise à traduire le terme allemand de *Kultur*, tel qu'il apparaîtra dans le titre même de l'ouvrage de 1930 *Das Unbehagen in der Kultur*, aussi bien par « culture » que par « civilisation ». La « culture », qui vient du latin *colere* (prendre soin, cultiver), s'oppose à la nature. Elle renvoie à l'ensemble des activités et productions permettant à

ci les biens permettant de satisfaire les besoins humains ; et d'autre part, les institutions qui sont nécessaires pour régler les relations des êtres humains entre eux et, en particulier, la répartition des biens susceptibles d'être acquis. Ces deux directions de la civilisation ne sont pas indépendantes l'une de l'autre, premièrement parce que les relations mutuelles entre les êtres humains sont profondément influencées par le taux de satisfaction des pulsions rendue possible par les biens disponibles ; deuxièmement, parce que l'individu humain peut entrer par rapport à un autre dans une relation qui est celle d'un bien, cet autre utilisant sa force de travail ou le prenant comme objet sexuel ; mais, troisièmement, parce que chaque individu est virtuellement un ennemi de la civilisation, puisque enfin elle est censée être un intérêt universel de l'humanité. Il est remarquable que les êtres humains, tout incapables qu'ils sont de vivre en individus, n'en ressentent pas moins comme lourdement oppressants les sacrifices qu'attend d'eux la civilisation pour rendre possible la vie en communauté. La civilisation doit donc être défendue contre l'individu, et ses institutions, ses dispositifs et ses impératifs se mettent au service de cette tâche ; ils n'ont pas pour seul but d'assurer une certaine répartition des biens,

---

l'homme de s'arracher à la nature. La civilisation est un néologisme d'origine française, apparu au XVIIIe siècle, désignant le processus même par lequel les sociétés humaines progressent, se développent, grâce aux avancées des connaissances mais aussi aux améliorations morales (cf. notre présentation du *Malaise dans la civilisation*, trad. B. Lortholary, Points, « Points Essais », 2010).

mais aussi de maintenir cette répartition, il faut même qu'ils protègent, contre les impulsions hostiles des êtres humains, tout ce qui sert à dompter la nature et à produire des biens. Les créations humaines sont faciles à détruire, et la science et la technique, qui les ont édifiées, peuvent aussi être utilisées pour les anéantir.

On a donc l'impression que la civilisation est quelque chose qui a été imposé à une majorité récalcitrante par une minorité qui a su entrer en possession de moyens de pouvoir et de contrainte. On est naturellement tenté d'admettre que ces difficultés ne tiennent pas à ce qu'est la civilisation en elle-même, mais qu'elles sont conditionnées par les imperfections des formes de civilisation développées jusqu'ici. De fait, il n'est pas difficile d'indiquer ces défauts. Alors que l'humanité a fait des progrès constants dans la domination de la nature et qu'on peut en attendre de plus grands encore, on ne saurait constater avec certitude un progrès analogue dans le règlement des affaires humaines, et il est vraisemblable qu'à chaque époque, comme aussi maintenant de nouveau, beaucoup de gens se sont demandé si cet élément d'acquisition de la civilisation valait au fond la peine d'être défendu. On est tenté de penser que serait possible un règlement nouveau des relations humaines tel qu'il ferait se tarir les sources de l'insatisfaction qu'inspire la civilisation, en la faisant renoncer à la contrainte et à la répression des pulsions, de sorte que les êtres humains pourraient s'adonner, sans être perturbés par aucun conflit interne, à leur conquête de biens et à leur jouissance. Ce serait l'âge d'or, la seule question étant de savoir si un tel état est réalisable[a]. Il semble bien plutôt que toute civilisation doive nécessairement s'édifier sur la contrainte et le renoncement aux pulsions ; il ne semble même pas sûr que, si la contrainte cessait, la majorité des individus humains serait disposée à assumer la quantité de travail nécessaire à l'acquisition de nouveaux biens vitaux. Il faut compter, me semble-t-il, avec le fait qu'existent chez tous les êtres humains des tendances destructrices, donc antisociales et hostiles à la civilisation, et que chez un grand nombre de personnes ces tendances sont assez fortes pour déterminer leur comportement dans la société humaine.

Cette donnée psychologique revêt une importance décisive pour juger de la civilisation humaine. Si l'on pouvait penser au premier abord que l'essentiel, en elle, était la domination de la nature pour acquérir des biens vitaux, et que les dangers la menaçant pouvaient être écartés par une répartition efficace de ces biens entre les êtres humains, il semble à présent que le centre de gravité se déplace de ce qui est matériel à ce qui touche le psychisme. Ce qui devient décisif, c'est si l'on parvient, et dans quelle mesure, à réduire le fardeau de sacrifices pulsionnels imposés

a. Dans *Le Malaise dans la civilisation*, Freud reviendra sur cet âge d'or, qu'il considère comme une utopie. « Les communistes croient avoir trouvé la voie pour nous sauver du mal. L'homme est foncièrement bon, bien disposé envers son prochain, mais l'instauration de la propriété privée a corrompu sa nature » (*op. cit.*, p. 122). Or, selon Freud, l'hostilité à l'égard de la civilisation est irréductible, car elle puise sa force dans le renoncement pulsionnel que la civilisation impose nécessairement à l'individu.

aux êtres humains, à les réconcilier avec les sacrifices nécessairement irréductibles et à les en dédommager. On ne peut pas plus se passer de la contrainte au travail de civilisation qu'à la domination des masses par une minorité, car les masses sont inertes et bornées, elles n'aiment pas renoncer aux pulsions, elles ne sauraient être convaincues par des arguments que ce renoncement est inévitable, et leurs individus se confortent mutuellement dans leur laisser-aller débridé. Seule l'influence d'individus modèles qu'elles reconnaissent comme leurs chefs peut les inciter aux travaux et aux privations qu'implique le maintien de la civilisation. Tout est bien si ces chefs sont des personnes douées d'une vue supérieure sur les nécessités de la vie et sont parvenus à dominer leurs propres désirs pulsionnels. Mais le risque les menace que, pour ne pas perdre leur influence, ils cèdent à la masse plus que celle-ci ne leur cède, et c'est pourquoi il paraît nécessaire qu'ils disposent de moyens de pouvoir qui les rendent indépendants de la masse. Pour le dire brièvement, il est deux caractéristiques largement répandues des êtres humains qui font que les institutions de la civilisation ne sauraient être maintenues que par un certain degré de contrainte, savoir, d'une part, qu'ils ne sont pas spontanément enclins au travail, et, d'autre part, que les arguments ne peuvent rien contre leurs passions. Je sais ce qu'on objectera à ces propos. On dira que le caractère ici dépeint des masses humaines, destiné à prouver qu'il est indispensable de recourir à la contrainte pour obtenir le travail de la civilisation, n'est lui-même que la conséquence d'institutions fautives de la civilisation, qui ont rendu les êtres humains aigris, vindicatifs, intraitables. De nouvelles générations, éduquées avec gentillesse et dans le respect de la pensée, ayant connu précocement les bienfaits de la civilisation, auront aussi un autre rapport avec elle, la ressentiront comme étant leur bien propre et seront prêtes à lui faire, en termes de travail et de satisfaction des pulsions, les sacrifices nécessaires à sa conservation. Elles se passeront de contrainte et se distingueront peu de leurs chefs. Si des masses humaines d'une telle qualité n'ont encore existé dans aucune civilisation, cela vient de ce qu'aucune ne s'est encore dotée des institutions susceptibles d'influencer les êtres humains de la sorte, et ce dès l'enfance.

On peut douter qu'il soit possible, en général ou dès maintenant, vu le niveau actuel de notre domination sur la nature, de produire de telles institutions ; on peut se demander d'où devrait provenir la quantité de chefs supérieurs, intransigeants et altruistes, nécessaires pour agir en éducateurs des générations futures ; on peut s'effrayer devant l'énorme somme de contrainte qui sera inévitable avant de réaliser ces intentions. On ne saurait contester que ce plan est grandiose et capital pour l'avenir de la civilisation humaine. Il repose assurément sur la vision psychologique selon laquelle l'être humain est doté des dispositions pulsionnelles les plus variées et que ce sont les expériences précoces de l'enfance qui leur donnent leur direction définitive. Les limites de l'éducabilité humaine restreignent donc aussi l'efficacité d'un tel changement de la civilisation. On peut se demander si et dans quelle mesure un autre milieu de civilisation peut effacer les deux caractéristiques des masses qui rendent si difficile de diriger les affaires humaines. L'expérience n'a pas encore été faite. Il est vraisemblable qu'un certain pourcentage de l'humanité restera toujours asocial – par suite d'une disposition morbide ou d'une énergie pulsionnelle excessive –, mais si seulement l'on parvient à réduire à une minorité l'actuelle majorité hostile à la civilisation, on aura obtenu beaucoup, peut-être tout ce qu'il est possible d'obtenir.

Je ne voudrais pas donner l'impression de m'être égaré loin de la voie que j'ai tracée à mon analyse. J'entends donc assurer expressément que je ne songe nullement à porter un jugement sur la grande expérience actuellement menée dans le vaste pays qui s'étend entre l'Europe et l'Asie[a]. Je n'ai ni les connaissances factuelles ni la capacité qui permettraient de décider si elle est réalisable, d'évaluer la pertinence des méthodes employées ou de mesurer l'ampleur de l'inévitable fossé entre intention et application. Ce qui se prépare là-bas échappe, de par son inachèvement, à l'examen auquel donne matière notre civilisation depuis longtemps consolidée.

a. Freud fait référence à la Révolution russe de 1917, ayant conduit au renversement du régime tsariste de Russie et à l'installation préparée d'un régime « léniniste ». Dans *Le Malaise dans la civilisation*, Freud ne se privera pas de porter un jugement sur cette expérience en affirmant que « la tentative d'instaurer en Russie une nouvelle civilisation communiste trouve à s'appuyer psychologiquement sur la persécution des bourgeois », se demandant ainsi « ce que pourront bien entreprendre les soviets une fois qu'ils auront exterminé leurs bourgeois » (*op. cit.*, p. 125).

II

Nous avons glissé, sans y prendre garde, de l'économique au psychologique. Au début, nous étions tentés de chercher le propre de la civilisation dans les biens disponibles et les institutions destinées à les répartir. Comprenant que chaque civilisation repose sur l'obligation de travailler et sur le renoncement pulsionnel, et provoque donc inévitablement une opposition chez ceux qui sont visés par ces exigences, nous nous sommes rendu compte que les biens eux-mêmes, les moyens de les acquérir et les dispositions prises pour les répartir ne peuvent être l'aspect essentiel ou unique de la civilisation. Car tout cela est menacé par la rébellion et l'envie de destruction des participants à la civilisation. À côté des biens se rangent à présent les moyens pouvant servir à défendre la civilisation, les moyens de contrainte et autres, destinés à réconcilier les êtres humains avec elle et à les dédommager des sacrifices qu'elle demande. Or, ces moyens peuvent être décrits comme le patrimoine psychologique de la civilisation.

Par souci de nous exprimer de façon uniforme, nous allons appeler frustration le fait qu'une pulsion ne peut être satisfaite, interdit le dispositif qui fixe cette frustration, et privation l'état résultant de cet interdit. L'étape suivante sera alors de distinguer entre les privations qui concernent tout le monde et celles qui concernent non pas tous, mais des groupes, des classes ou même des individus. Les premières sont les plus anciennes : c'est par les interdits qui les instaurent que la civilisation a entamé son détachement de l'état primitif animal, il y a de cela un nombre inconnu de millénaires. Nous avons été surpris de trouver qu'elles sont encore agissantes, qu'elles constituent toujours le noyau de l'hostilité à la civilisation. Les désirs pulsionnels qui souffrent d'elles renaissent avec chaque enfant ; il est une classe d'êtres humains, les névrosés, qui réagissent déjà à ces frustrations par l'asocialité. Les désirs pulsionnels de l'inceste, du cannibalisme et de l'envie de meurtre sont de cette espèce[a]. Cela résonne étrangement lorsqu'on les met, eux que tous les êtres humains semblent s'accorder à rejeter, sur le même plan que d'autres dont, dans notre civilisation, la permission ou la frustration fait l'objet de conflits

a. Dans *Totem et Tabou*, en 1912-1913, Freud a montré comment la crainte de l'inceste chez les peuples primitifs se manifestait à travers les règles et coutumes visant à faire obstacle à tout rapprochement sexuel entre membres d'une même famille. Ainsi il affirmait que « la crainte de l'inceste propre à ces peuples ne se contente pas de créer les institutions décrites, qui nous semblent principalement dirigées contre l'inceste de groupe » : s'y ajoute « une série de "coutumes" qui protègent le commerce individuel des parents proches au sens où nous l'entendons, coutumes observées avec une rigueur quasi religieuse et dont l'intention ne fait guère de doute à nos yeux » (trad. D. Tassel, Paris, Points, « Points Essais », 2010, p. 53).

tellement vifs : mais, psychologiquement, on est en droit de le faire.

Encore le comportement civilisé face à ces désirs pulsionnels les plus anciens n'est-il nullement uniforme, seul le cannibalisme semble à tous prohibé et, pour une vision non analytique, complètement dépassé ; la vigueur des désirs incestueux, nous sommes encore capables de la ressentir derrière l'interdit ; et le meurtre, dans certaines conditions, est encore pratiqué, voire prescrit, par notre civilisation. Il est possible que nous attendent des évolutions de la civilisation dans lesquelles d'autres satisfactions de désirs encore, aujourd'hui tout à fait possibles, apparaîtront tout aussi inacceptables qu'à présent le cannibalisme.

[S'agissant déjà des plus anciens des renoncements pulsionnels, il faut tenir compte d'un facteur psychologique qui joue aussi pour tous les renoncements ultérieurs. Il n'est pas exact que l'âme humaine n'ait pas connu d'évolution depuis les temps les plus anciens et que, contrairement aux progrès de la science et de la technique, elle soit aujourd'hui encore la même qu'au début de l'histoire. Nous pouvons montrer ici l'un de ces progrès psychologiques. Il va dans le sens de notre évolution qu'une certaine contrainte extérieure soit peu à peu intériorisée, une instance psychologique particulière, le Surmoi de l'être humain[a], l'admettant au nombre de ses

a. Freud procédera à la genèse du Surmoi dans *Le Malaise dans la civilisation* et montrera ainsi comment la civilisation s'appuie sur le Surmoi de l'individu pour faire respecter ses exigences (cf. notre présentation du *Malaise dans la civilisation*, *op. cit.*).

commandements. Chaque enfant nous fait la démonstration d'une telle transformation, il ne devient moral et social qu'à partir de là. Ce renforcement du Surmoi fait partie du patrimoine psychologique de la civilisation et il est extrêmement précieux. Les personnes chez lesquelles il a eu lieu ne sont plus des adversaires de la civilisation, mais ses vecteurs. Plus elles sont nombreuses dans un territoire civilisé, plus la civilisation y est assurée, plus tôt elle peut se passer des moyens extérieurs de contrainte. Cela dit, le degré de cette intériorisation varie beaucoup selon les interdits pulsionnels. Pour ce qui est des plus anciennes exigences de la civilisation que nous avons évoquées, l'intériorisation, si nous laissons de côté la fâcheuse exception des névrosés, paraît largement atteinte. Il en va autrement quand on se tourne vers les autres exigences pulsionnelles. On note alors avec surprise et inquiétude qu'une majorité d'êtres humains n'obéit aux exigences de la civilisation en la matière que sous la pression de la contrainte extérieure, donc seulement dans les cas où elle peut s'exercer et aussi longtemps qu'elle est à craindre. Cela vaut aussi pour les exigences dites morales de la civilisation, qui s'adressent à tous de la même manière. La plus grande part de ce que l'on sait de l'immoralité des êtres humains entre dans cette catégorie. Un nombre infini d'êtres civilisés qui recule-

---

Le Surmoi est l'instance qui commande au moi de faire son devoir, mais qui lui fait aussi éprouver une angoisse de culpabilité. Ainsi, Freud affirmera en 1930 que « le sentiment de culpabilité, la dureté du Surmoi, est donc la même chose que la sévérité de la conscience morale » (*ibid.*, p. 159).

raient d'effroi devant le meurtre ou l'inceste ne se refusent pas la satisfaction de leur cupidité, de leur agressivité, de leurs appétits sexuels, ne se privent pas de nuire à autrui par le mensonge, la tromperie, la calomnie, si ce faisant ils peuvent rester impunis[a], et sans doute en a-t-il toujours été ainsi depuis de nombreuses ères de la civilisation.

S'agissant des restrictions qui frappent seulement certaines classes de la société, on trouve des situations terribles et d'ailleurs bien connues. On peut s'attendre à ce que ces classes défavorisées envient aux favorisés leurs privilèges et fassent tout pour en finir avec leur propre surcroît de privation. Si ce n'est pas possible, un mécontentement s'accumulera au sein de cette civilisation et sera susceptible d'aboutir à de dangereuses rébellions. Mais tant qu'une civilisation n'a pas dépassé le stade où la satisfaction d'un certain nombre de membres a pour condition l'oppression des autres[b], qui sont peut-être la majorité, et c'est le cas de toutes les civilisations actuelles, il est compréhensible que ces opprimés développent une hostilité intense envers la civilisation qu'ils rendent possible par leur travail,

a. Freud reprend ici un topos platonicien. Dans *La République*, Platon rend compte à travers le mythe de l'anneau de Gygès de la tentation de commettre l'injustice dès lors que l'on est assuré de n'être ni pris, ni puni (*La République*, livre II, trad. G. Leroux, Paris, Flammarion, « GF », 2002).

b. Freud, bien que ne croyant pas en la possibilité d'une société communiste faisant disparaître toute hostilité à l'égard de la civilisation, critique néanmoins, après Marx, la civilisation qui se fonde sur l'oppression du peuple, c'est-à-dire sur l'injustice et l'inégalité.

mais dont les biens ne leur échoient que pour une petite part. On ne saurait attendre de ces opprimés qu'ils intériorisent les interdits de la civilisation, au contraire ils ne sont pas disposés à reconnaître ces interdits, ils ont envie de détruire la civilisation elle-même, éventuellement d'en supprimer jusqu'aux conditions. L'hostilité de ces classes envers la civilisation est si patente qu'elle a empêché de voir l'hostilité plutôt latente des couches sociales mieux loties. Inutile de dire qu'une civilisation qui laisse insatisfaits un si grand nombre de ses membres et les pousse à la rébellion n'a pas l'espoir de se maintenir durablement, et d'ailleurs ne le mérite pas.

Le degré d'intériorisation des prescriptions de la civilisation – pour dire les choses de façon triviale et non psychologique : le niveau moral de ceux qui y participent – n'est pas le seul bien psychologique qui entre en ligne de compte pour apprécier une civilisation. Il y a en outre ce qu'elle possède en matière d'idéaux et de créations artistiques, c'est-à-dire les satisfactions qu'on en tire.

On ne sera que trop facilement enclin à ranger parmi les possessions psychiques d'une culture ses idéaux, c'est-à-dire les valeurs censées être les productions les plus hautes et méritant le plus d'être recherchées. De prime abord, il semblerait que ce sont ces idéaux qui déterminent les productions d'une certaine civilisation ; mais ce qui pourrait bien se passer en réalité, c'est que ces idéaux se constituent d'après les premières productions rendues possibles par l'action conjuguée des dons intérieurs et des conditions extérieures d'une civilisation, et que ces premières productions soient dès lors retenues par l'idéal pour continuer. La satisfaction dont l'idéal gratifie ceux qui participent à la civilisation est donc de nature narcissique, elle est fondée sur la fierté qu'inspire la production déjà réussie. Pour être complète, elle a besoin de la comparaison avec d'autres civilisations qui se sont engagées dans d'autres productions et ont développé d'autres idéaux. Au nom de ces différences, chaque civilisation s'arroge le droit de dédaigner l'autre. De la sorte, les idéaux des différentes civilisations occasionnent entre elles discorde et hostilité, comme on le voit on ne peut plus clairement entre les nations.

La satisfaction narcissique puisée dans l'idéal d'une civilisation fait aussi partie des forces qui contrecarrent avec succès l'hostilité intérieure qu'elle suscite. Les classes favorisées ne sont pas seules à jouir des bienfaits de cette civilisation, les opprimés aussi peuvent y avoir part, la satisfaction éprouvée à mépriser ceux qui se trouvent à l'extérieur les dédommageant des préjudices subis chez eux. On est certes un misérable plébéien accablé par les dettes et le service dans l'armée, en revanche on est romain et l'on participe à la mission qui consiste à dominer d'autres nations et à leur prescrire des lois. Mais cette identification des opprimés à la classe qui les domine et les exploite n'est qu'un morceau d'un ensemble plus vaste. D'un autre côté, ceux-là peuvent être affectivement attachés à celle-ci, ils peuvent, en dépit de leur hostilité, voir leurs idéaux dans leurs maîtres. Si de tels rapports, au fond satisfaisants, n'existaient pas, il demeurerait incompréhensible que tant de civilisations, en dépit de l'hostilité justifiée de masses humaines, se soient maintenues aussi longtemps.

D'une autre espèce est la satisfaction qu'apporte l'art à ceux qui participent d'une civilisation, même si cette satisfaction reste en général inaccessible aux masses, requises par un travail épuisant et n'ayant profité d'aucune éducation personnelle. L'art, comme nous l'avons appris depuis longtemps, offre des satisfactions substitutives aux renoncements les plus anciens qu'impose la civilisation et que nous continuons d'éprouver le plus profondément, et c'est pourquoi il est capable comme rien d'autre de faire accepter les sacrifices qu'elle exige. D'un autre côté, ses créations exaltent les sentiments d'identification, dont toute civilisation a tant besoin, en fournissant l'occasion d'émotions vécues en commun et hautement appréciées ; mais ces créations servent aussi à la satisfaction narcissique, quand elles représentent les productions de la civilisation en question, renvoyant à ses idéaux de manière impressionnante.

La pièce la plus importante peut-être que comporte l'inventaire psychique d'une civilisation n'a pas encore été évoquée. Il s'agit des représentations religieuses au sens le plus large, autrement dit – et le terme devra être ultérieurement justifié – de ses illusions.

III

En quoi consiste la valeur particulière des représentations religieuses ? Nous avons parlé de l'hostilité à la civilisation induite par la pression qu'elle exerce et les renoncements pulsionnels qu'elle exige. Si l'on imagine ses interdits supprimés – si donc, du coup, on peut prendre pour objet sexuel toute femme qui vous plaît, si l'on peut abattre sans scrupule le rival qui vous la dispute ou quiconque se met en travers de votre route, si l'on peut prendre à autrui n'importe lequel de ses biens sans lui demander la permission –, quel enchaînement de satisfactions serait alors la vie ! Certes, on rencontre bientôt la prochaine difficulté. Tout autre être humain a exactement les mêmes désirs que moi et ne me traitera pas avec plus de ménagement que je ne le traite. Il n'y a au fond qu'une personne qui puisse trouver un bonheur sans limite dans une telle suppression des limitations imposées par la civilisation, c'est un tyran, un dictateur qui s'est emparé de tous les moyens de pouvoir, et même lui a tout lieu de souhaiter que les autres respectent au moins l'un des interdits de la civilisation : tu ne tueras point.

Mais quelle ingratitude, quelle courte vue, tout bonnement, que de souhaiter supprimer la civilisation ! Ce qui reste alors en effet c'est l'état de nature, et il est beaucoup plus difficile à supporter. C'est vrai, la nature n'exigerait pas de nous que nous restreignions nos pulsions, elle nous laisserait faire, mais elle a sa manière particulièrement efficace de nous restreindre, elle nous tue, froidement, cruellement, sans le moindre égard, éventuellement à l'occasion même de nos satisfactions. C'est précisément à cause de ces dangers dont la nature nous menace que nous nous sommes mis ensemble et avons créé la civilisation, qui est destinée, entre autres choses, à rendre aussi possible notre vie en commun. Car enfin c'est la principale tâche de la civilisation, le véritable fondement de son existence, que de nous défendre contre la nature.

Il est notoire qu'elle y parvient déjà assez bien dans certains domaines, et manifestement elle fera beaucoup mieux dans l'avenir. Mais personne ne s'abuse au point de croire que la nature est dès à présent domptée ; rares sont ceux qui osent espérer qu'un jour elle sera tout entière soumise à l'homme. Il y a les éléments, qui semblent se rire de toute contrainte humaine, la terre qui tremble, démolit, ensevelit tout ce qui est humanité et œuvre humaine ; l'eau qui, déchaînée, submerge et noie tout, et la tempête qui l'emporte d'un souffle ; il y a les maladies, dont nous n'avons compris que récemment qu'elles sont les agressions d'autres êtres vivants, enfin il y a la douloureuse énigme de la mort, contre laquelle on n'a pas trouvé de remède à ce jour et l'on n'en trouvera vraisemblablement pas. Avec ces forces, la nature se dresse contre nous, elle nous remet sous les yeux notre faiblesse désemparée, à laquelle nous pensions nous soustraire par le travail de civilisation. C'est l'une des rares impressions réjouissantes et édifiantes qu'on puisse avoir de l'humanité, lorsque, face à l'une de ces catastrophes naturelles, elle oublie tous les imbroglios de la civilisation, toutes ses difficultés et hostilités internes, et se rappelle la grande tâche commune : se maintenir face à la puissance écrasante de la nature.

Comme pour l'humanité dans son ensemble, la vie est difficile à supporter aussi pour l'individu. Une part de privation lui est imposée par la civilisation dont il participe, une certaine quantité de souffrance lui est causée par les autres êtres humains, soit en dépit des prescriptions de la civilisation, soit par suite de l'imperfection de cette dernière. À quoi s'ajoute ce que la nature non domptée – il appelle cela le destin – lui cause de préjudice. Un état constant d'attente anxieuse, et une grave atteinte portée au narcissisme naturel devrait être la conséquence de cet état. Nous savons déjà comment l'individu réagit aux dommages infligés par la civilisation et par les autres : il développe un degré correspondant d'hostilité à la civilisation, de résistance à ses institutions. Mais comment se défend-il contre les puissances supérieures de la nature, du destin, qui le menacent comme tous les autres ?

La civilisation le décharge de cette tâche, elle l'assume pour tous de la même manière, il est d'ailleurs remarquable qu'à peu près toutes les civilisations font la même chose en la matière. Non qu'elle s'arrête d'accomplir sa mission consistant à défendre les êtres humains contre la nature : elle la poursuit simplement par d'autres moyens. La mission est là multiple : la confiance en soi de l'être humain, gravement menacée, demande du réconfort ; il faut que le monde et la vie soient débarrassés de leurs aspects effrayants ; accessoirement, le désir de savoir que ressentent les hommes, à vrai dire aiguillonné par le très fort intérêt pratique, veut avoir une réponse.

Dès le premier pas, on gagne déjà beaucoup. Et il consiste à humaniser la nature. On n'a aucune prise sur les forces et destins impersonnels, ils restent éternellement étrangers. Mais si dans les éléments on voit se déchaîner des passions comme dans l'âme humaine, si même la mort n'est rien de spontané mais l'acte violent d'une volonté maligne, si l'on a partout dans la nature autour de soi des êtres tels qu'on en connaît dans la société humaine, alors on respire, on se sent chez soi dans ce qui angoissait par son étrangeté, on peut faire sur cette angoisse absurde un travail psychique. On est peut-être encore sans défense, mais on n'est plus paralysé par le désarroi, on peut au moins réagir, et peut-être n'est-on même pas sans défense, on peut recourir contre ces êtres surhumains et violents, là dehors, aux moyens dont on se sert dans la société humaine, on peut tenter de les conjurer, de les apaiser, d'acheter leurs faveurs, et en les influençant de la sorte on les prive d'une part de leur pouvoir. Remplacer ainsi une science exacte par de la psychologie n'apporte pas seulement un soulagement immédiat, cela montre aussi la voie d'une autre façon de maîtriser la situation.

Car cette situation n'a rien de nouveau, elle a un modèle infantile[a], elle n'est de fait que la continuation de l'antérieur, car on s'est déjà trouvé dans un tel désarroi comme petit enfant face à un couple parental qu'on avait lieu de craindre, le père surtout, dont en revanche on était sûr qu'il vous protégerait contre les dangers qu'on connaissait alors. Il était donc tentant de rapprocher les deux situations. Et puis, comme dans la vie rêvée, le désir trouvait là son compte. Un pressentiment de la mort s'empare du dormeur, veut le transporter dans la tombe, mais le travail du rêve sait choisir la condition permettant que même cet événement redouté devienne l'accomplissement d'un désir ; le dormeur se voit dans un antique tombeau étrusque où il était descendu, ravi de satisfaire ses intérêts archéologiques. De façon analogue, l'homme ne se contente pas de faire des forces de la nature des êtres humains avec lesquels il peut avoir le même commerce qu'avec ses semblables, ce qui ne suffirait pas à compenser l'impression de surpuissance qu'ils lui donnent, il leur confère un caractère paternel, il fait d'elles des dieux, suivant en cela un modèle non seulement infantile mais, comme j'ai tenté de le montrer, phylogénétique[b].

À la longue, les premières observations sont faites sur les règles et les lois commandant aux phénomènes

a. Dans *Inhibition, symptôme et angoisse*, en 1926, Freud a montré que le désarroi de l'enfant (*Hilflösigkeit*) est une situation traumatique que l'angoisse vient signaler lorsque se reproduit ultérieurement la même situation de danger.

b. Le modèle phylogénétique renvoie à l'espèce humaine elle-même, par opposition au modèle ontogénétique qui renvoie à l'individu.

naturels, les forces de la nature perdent du coup leurs traits humains. Mais le désarroi des hommes demeure et, du même coup, leur nostalgie du père, et les dieux. Les dieux conservent leur triple mission : conjurer les terreurs de la nature, réconcilier avec la cruauté du destin tel qu'il se montre en particulier dans la mort, et dédommager des souffrances et des privations qui sont imposées à l'être humain par la vie en communauté dans la civilisation.

Mais peu à peu, à l'intérieur de ces effets, l'accent se déplace. On s'aperçoit que les phénomènes naturels se déroulent d'eux-mêmes selon des nécessités internes ; les dieux sont certes les maîtres de la nature, ils l'ont instituée ainsi et peuvent désormais la laisser à elle-même. Parfois seulement ils interviennent dans son cours par ce qu'on appelle des prodiges, comme pour assurer qu'ils n'ont rien abandonné de leur sphère originelle de pouvoir. Quant à la distribution des destins, le sentiment déplaisant persiste que rien ne saurait guérir la perplexité et le désarroi du genre humain. C'est surtout là que les dieux échouent ; si ce sont eux qui font le destin, force est de qualifier leurs décrets d'impénétrables ; le plus doué des peuples de l'Antiquité soupçonne que la *moïra*[a] est au-dessus des dieux et que ceux-ci ont eux-mêmes leurs destins. Et plus la nature devient autonome, les dieux s'en retirant, plus les attentes se pressent sérieusement vers le troisième rôle assigné à ces derniers : plus c'est le domaine moral qui devient le leur. La mission divine devient dorénavant de compenser les défauts et les dommages de la civilisation, de se pencher sur les

a. Terme grec désignant la « destinée ».

souffrances que les hommes s'infligent mutuellement dans la vie en communauté, de veiller à l'exécution des prescriptions de la civilisation, si mal suivies par eux. À ces prescriptions elles-mêmes est attribuée une origine divine, elles sont hissées au-dessus de la société humaine et étendues à la nature et à l'histoire du monde.

Est créé de la sorte un trésor de représentations, né du besoin de rendre supportable le désarroi humain, et construit à partir du matériau que constituent les souvenirs du désarroi de l'enfance de chacun et de celle du genre humain. On discerne nettement que cette possession protège l'homme dans deux directions : contre les dangers de la nature et du destin, et contre les dommages provenant de la société humaine. Dans ce contexte, il est dit que la vie en ce monde sert une fin plus haute, qu'il n'est certes pas facile de deviner, mais qui signifie certainement un perfectionnement de l'être humain. Vraisemblablement, c'est le spirituel en l'homme, l'âme qui, après s'être au cours des temps séparée du corps si lentement et de si mauvais gré, doit être l'objet de cette promotion et élévation. Tout ce qui se passe dans ce monde est la mise en œuvre des intentions d'une intelligence qui nous est supérieure et qui, même si c'est par des voies et des détours difficiles à suivre, guide finalement tout vers le bien, c'est-à-dire vers ce qui nous est bénéfique. Sur chacun d'entre nous veille une providence bonne, sévère seulement en apparence, empêchant que nous devenions le jouet des forces écrasantes et inexorables de la nature ; la mort elle-même n'est pas un anéantissement, pas un retour à l'inanimé anorganique, mais le début d'une nouvelle sorte d'existence qui se trouve sur la voie d'une évolution vers le haut. Et, si l'on se tourne de l'autre côté, les mêmes lois morales qu'ont instaurées nos civilisations règnent aussi sur toute la marche du monde, à ceci près qu'elles sont sous la garde d'une instance judiciaire suprême dotée d'infiniment plus de pouvoir et de cohérence. Tout bien trouve enfin sa récompense, tout mal son châtiment, et si ce n'est pas dans cette forme de vie-ci, c'est dans les existences ultérieures qui commencent après la mort. Ainsi toutes les terreurs, souffrances et duretés de la vie sont-elles destinées à l'élimination ; la vie après la mort, qui prolonge notre vie terrestre comme la partie invisible du spectre est accolée à sa partie visible, apporte toute la perfection qui nous a peut-être manqué ici. Et la sagesse supérieure qui conduit ce déroulement des choses, la toute-bonté qui se manifeste en lui, la justice qui s'y impose, ce sont les qualités des êtres divins qui nous ont aussi créés, nous et le monde dans son ensemble. Ou bien plutôt les qualités d'un être divin unique en qui, dans notre civilisation, se sont condensés tous les dieux des époques anciennes. Le peuple qui est parvenu le premier à une telle concentration des qualités divines ne fut pas peu fier de ce progrès. Il avait dégagé le noyau paternel qui était de tout temps caché derrière chaque figure de dieu ; au fond, c'était un retour aux débuts historiques de l'idée de dieu. Dès lors que Dieu était un être unique[a], les

a. Dans son dernier ouvrage, *L'Homme Moïse et la Religion monothéiste*, en 1939, Freud redéploiera cette question des fondements psychiques du monothéisme.

relations avec lui pouvaient recouvrer l'intimité et l'intensité des rapports de l'enfant avec son père. Mais, ayant tant fait pour le père, on entendait aussi en être récompensé, être à tout le moins le seul enfant aimé, le peuple élu. Beaucoup plus tard, on voit la pieuse Amérique élever la prétention d'être « *God's own country* », et pour l'une des formes sous lesquelles l'humanité vénère la divinité[a], c'est exact.

Les représentations religieuses qui viennent d'être résumées ont naturellement connu une longue évolution, elles ont été retenues à des phases différentes par différentes civilisations. J'ai choisi une seule de ces phases d'évolution, correspondant en gros à la forme finale qu'elle a prise dans notre civilisation blanche et chrétienne d'aujourd'hui. Il est facile de remarquer que toutes les pièces de cet ensemble ne collent pas également bien les unes avec les autres, que toutes les questions urgentes n'y reçoivent pas de réponse, que la contradiction dont est porteuse l'expérience quotidienne ne peut être réfutée qu'avec peine. Mais, telles qu'elles sont, ces représentations – religieuses au sens le plus large – sont considérées comme le bien le plus précieux de la civilisation, comme la plus haute valeur qu'elle ait à offrir à ses membres, estimée à un bien plus grand prix que tous les arts servant à arracher ses trésors à la terre, à fournir son alimentation à l'humanité ou à prévenir

a. Ce lien entre le puritanisme et l'esprit capitaliste a été mis en exergue par le sociologue allemand Max Weber en 1920 dans *L'Éthique protestante et l'esprit du capitalisme* (trad. J.-P. Grossein, Paris, Gallimard, 2004).

ses maladies, etc. Les êtres humains estiment ne pouvoir supporter la vie s'ils n'accordent pas à ces représentations la valeur qui est revendiquée pour elles. Et maintenant la question est de savoir ce que sont ces représentations à la lumière de la psychologie, d'où elles tirent la haute estime qu'on leur porte et, pour continuer timidement : quelle est leur valeur réelle ?

IV

Une recherche qui se poursuit comme un monologue que rien ne viendrait troubler n'est pas sans danger. On cède trop facilement à la tentation d'écarter des idées qui veulent l'interrompre et on y gagne un sentiment d'incertitude qu'à la fin on veut faire taire par un excès d'assurance. Je m'imagine donc un adversaire[a] qui suive mes développements avec méfiance et je le laisse prendre la parole à tel ou tel passage.

Je l'entends dire : « Vous avez plus d'une fois employé les expressions : la civilisation crée ces représentations religieuses, la civilisation les met à la disposition de ceux qui participent d'elle, cela laisse un peu perplexe, je ne saurais moi-même dire pourquoi, cela ne va pas autant de soi que quand on dit que la civilisation a instauré des dispositions sur la répartition des fruits du

a. L'adversaire auquel Freud s'emploie à répondre n'est pas seulement imaginaire. Il s'agit du pasteur et pédagogue suisse Oskar Pfister (1873-1956), contemporain de Freud, qui s'est dédié au mouvement psychanalytique, et avec qui Freud a entretenu une correspondance.

travail ou sur les droits concernant femmes et enfants. »

Mais je pense tout de même qu'on est en droit de s'exprimer ainsi. J'ai tenté de montrer que les représentations religieuses sont issues du même besoin que toutes les autres conquêtes de la civilisation, de la nécessité de se défendre contre l'écrasante surpuissance de la nature. À quoi s'ajoutait un second mobile, le besoin de corriger les imperfections péniblement ressenties que présente la civilisation. Il est aussi particulièrement pertinent de dire que la civilisation fait don à l'individu de ces représentations, car il les trouve déjà là, elles lui sont offertes toutes faites, il ne serait pas capable de les trouver seul. C'est le legs de nombreuses générations, il entre en sa possession, il en hérite comme de la table de multiplication, de la géométrie, etc. Il y a là une différence, à vrai dire, mais elle tient à autre chose et ne peut encore être mise en lumière. Ce qui pourrait bien contribuer à la perplexité que vous évoquez, c'est qu'on a coutume de nous présenter cet ensemble de représentations religieuses comme étant une révélation divine. Simplement, cela est déjà une pièce du système religieux, et néglige complètement l'évolution historique que nous connaissons de ces idées et leur diversité à diverses époques et dans des civilisations différentes.

« Un autre point qui me paraît important. Vous faites remonter l'humanisation de la nature au besoin de mettre fin à la perplexité et au désarroi des hommes face à ses forces qu'ils redoutent, au besoin de se mettre en rapport avec elles et de finir par influer sur elles. Mais une telle motivation paraît superflue. Car enfin l'homme primitif n'a pas le choix, n'a pas d'autre cheminement de pensée. Il lui est naturel, comme inné, de projeter son propre être dans le monde, de considérer tous les phénomènes qu'il observe comme des manifestations d'êtres qui sont au fond semblables à lui. C'est là sa seule méthode de compréhension. Et il ne va nullement de soi – ce serait même au contraire une étrange coïncidence – qu'il réussisse à satisfaire l'un de ses grands besoins en se laissant ainsi aller à sa disposition naturelle. »

Je ne trouve pas cela tellement choquant. Croyez-vous que la pensée des hommes ignore les motivations pratiques, qu'elle ne soit que la manifestation d'un désir altruiste de savoir ? C'est tout de même très invraisemblable. Je crois plutôt que l'homme, y compris quand il personnifie les forces de la nature, suit un modèle infantile. Il a appris, au contact des personnes de son premier entourage, que s'il établit une relation avec elles, c'est la voie pour les influencer, et c'est pourquoi plus tard il traite comme ces personnes, dans la même intention, tout ce qu'il rencontre d'autre. Je ne conteste donc pas votre remarque descriptive, il est réellement naturel à l'homme de personnifier tout ce qu'il veut comprendre afin de le dominer ensuite – la maîtrise psychique comme préparant à la maîtrise physique –, mais je fournis de surcroît la motivation et la genèse de cette particularité de la pensée humaine.

« Et maintenant encore un troisième point. Vous avez naguère traité de l'origine de la religion dans votre livre *Totem et Tabou*[a]. Mais les choses s'y présentent autrement. Tout est rapport père-fils, Dieu est le père sublimé, c'est la nostalgie du père qui est la racine du besoin religieux. Depuis, semble-t-il, vous avez découvert l'élément moteur qu'est l'impuissance désemparée de l'être humain, à laquelle on attribue très généralement le plus grand rôle dans la formation de la religion, et maintenant vous récrivez en fonction du désarroi tout ce qui était naguère complexe du père. Puis-je vous demander d'expliquer ce changement ? »

Volontiers, je n'attendais que cette invite. Si c'est vraiment un changement. Dans *Totem et Tabou*, il n'était pas question d'expliquer la naissance des religions, mais seulement celle du totémisme. Pouvez-vous, de l'un des points de vue connus de vous, faire comprendre que la première forme sous laquelle la divinité protectrice s'est révélée à l'homme a été la forme animale, qu'il y avait un interdit de tuer cet animal et de le consommer, et qu'existait cependant la coutume festive de le tuer et de le consommer en commun une fois par an[b] ? C'est précisément ce qui

a. Ce livre de Freud qui date de 1912-1913 regroupe quatre essais sur la vie psychique des sauvages et des névrosés. C'est dans « Le retour infantile du totémisme » que le lien entre le rapport des primitifs au totem et le rapport des névrosés au père est établi (cf. notre présentation, *op. cit.*).

b. Freud fait référence ici au repas totémique tel que l'anthropologue Robertson Smith l'a décrit. « De cette analyse de l'institution du sacrifice Robertson Smith conclut que la mise à mort et la consommation périodiques du totem à une époque *antérieure à la vénération de divinités anthropomorphiques* a constitué une part importante et significative de la religion totémique » (*Totem et Tabou*, *op. cit.*, p. 260).

a lieu dans le totémisme. Et il ne sert pas à grand-chose de débattre pour savoir si le totémisme doit être appelé une religion. Il a des relations profondes avec les religions ultérieures où il y a des dieux, les animaux totems deviennent les animaux sacrés des dieux. Et les premières restrictions morales, mais qui sont aussi les plus profondes – les interdits frappant le meurtre et l'inceste –, naissent sur le terrain du totémisme. Que vous acceptiez ou non les déductions de *Totem et Tabou*, j'espère que vous conviendrez que, dans ce livre, quantité de faits dispersés très curieux se trouvent ramassés en un tout cohérent.

Pourquoi le dieu animal n'a pas suffi à la longue et a été relayé par le dieu humain, la question est à peine effleurée dans *Totem et Tabou*, et d'autres problèmes touchant à la constitution des religions n'y sont absolument pas évoqués. Considérez-vous une telle limitation comme identique à un reniement ? Mon travail est un bon exemple de stricte démarcation de la part que peut prendre la perspective psychanalytique à la solution du problème religieux. Si maintenant je tente d'ajouter le reste, moins profondément caché, il ne faut pas que vous m'accusiez de me contredire, comme auparavant d'être partial. Il est tout naturellement de mon devoir de montrer quelles sont les voies de liaison entre ce qui a été dit naguère et ce que j'expose à présent, entre motivation plus profonde et motivation manifeste, entre le complexe du père et le désarroi ou le besoin de protection chez l'homme.

Ces liaisons ne sont pas difficiles à trouver. Ce sont les relations que le désarroi de l'enfant entretient avec le désarroi qui en est la continuation chez l'adulte, de sorte que, comme on pouvait s'y attendre, la motivation psychanalytique à la constitution de la religion devient la contribution infantile à sa motivation manifeste. Transportons-nous dans la vie psychique du petit enfant. Vous vous souvenez du choix d'objet selon le type d'étayage dont parle l'analyse ? La libido suit les voies des besoins narcissiques et se fixe sur les objets qui en assurent la satisfaction. Ainsi la mère, qui satisfait la faim, devient le premier objet d'amour et certainement aussi la première protection contre tous les dangers indéterminés qui menacent dans le monde extérieur, nous pouvons dire la première protection contre l'angoisse.

Dans cette fonction, la mère est bientôt relayée par le père plus fort, et le demeure durant toute l'enfance. Mais le rapport au père est frappé d'une curieuse ambivalence[a]. Il était lui-même un danger, peut-être à cause du rapport plus ancien à la mère. Aussi ne le craint-on pas moins qu'on ne désire sa présence et qu'on l'admire. Les indices de cette ambivalence du rapport au père sont profondément inscrits dans toutes les religions, comme cela est exposé aussi dans *Totem et Tabou*. Dès lors, quand l'être qui grandit s'aperçoit qu'il est destiné à rester toujours un enfant, qu'il ne pourra jamais se passer

a. Freud a consacré un article à l'ambivalence dans *Totem et Tabou*, sous le titre « Le tabou et l'ambivalence des sentiments ». Il reprend ce terme à Bleuler, pour désigner la manifestation de deux sentiments opposés (comme l'amour et la haine) à l'égard du même objet.

de protection contre les puissances supérieures étrangères, il confère à ces dernières les traits de la figure du père, il se crée les dieux dont il a peur, qu'il cherche à mettre de son côté et auxquels il confie néanmoins sa protection. Ainsi, la motivation du désir du père est identique au besoin de protection contre les conséquences de l'impuissance humaine ; c'est la défense contre le désarroi infantile qui confère ses traits caractéristiques à la réaction au désarroi que reconnaît nécessairement l'adulte, réaction qui n'est autre que la constitution de la religion. Mais notre intention n'est pas d'étudier plus avant l'évolution de l'idée de dieu ; nous avons affaire ici au trésor achevé des représentations religieuses, tel que la civilisation le transmet à l'individu.

V

Pour reprendre le fil de l'analyse : quelle est donc la signification psychologique des représentations religieuses, comme quoi pouvons-nous les classer ? Répondre d'emblée à la question est loin d'être facile. Après avoir écarté diverses formulations, on s'arrêtera à l'une d'elles : ce sont des axiomes, des propositions portant sur des faits ou des rapports existant au sein de la réalité extérieure (ou intérieure), qui véhiculent quelque chose qu'on n'aurait pas trouvé soi-même et qui revendiquent qu'on y ajoute foi. Comme elles renseignent sur ce qu'il y a pour nous de plus important et de plus intéressant dans la vie, elles sont tenues en particulièrement haute estime. Qui ne sait rien d'elles est très ignorant ; qui leur a fait place dans son savoir peut s'estimer très enrichi.

Il y a naturellement de nombreuses propositions de ce genre, sur les choses les plus diverses du monde. Chaque heure de classe en est pleine. Prenons le cours de géographie. Nous y entendons dire : la ville de Constance est située sur le Bodensee[1].

1. Appelé en français lac de Constance. (*N.d.T.*)

Une chanson d'étudiants ajoute : « Si tu ne le crois pas, viens-y donc voir ! » Il se trouve que j'y ai été et je puis confirmer que cette belle ville se trouve sur le bord d'une mer intérieure que tous les riverains appellent le Bodensee. Je suis maintenant parfaitement convaincu aussi de l'exactitude de cette affirmation géographique. Mais je me souviens d'une autre expérience très curieuse[a]. J'étais déjà un homme mûr lorsque je me suis trouvé pour la première fois sur la colline de l'Acropole d'Athènes, entre les ruines de temples, avec vue sur la mer bleue. À mon bonheur du moment se mêla un sentiment d'étonnement qui m'inspira une interprétation : alors c'est vraiment comme nous l'avons appris à l'école ! Quelle foi tiède et peu profonde ai-je dû avoir à l'époque en la vérité réelle de ce que j'entendais, pour que je puisse aujourd'hui être à ce point étonné ! Mais je ne veux pas trop accentuer la signification de cette expérience ; il y a de mon étonnement une autre explication possible, qui ne m'est pas venue à l'esprit sur le moment, qui est de nature toute subjective et tient à la particularité du lieu.

Tous ces axiomes requièrent donc que l'on croie en leurs contenus, mais ils ne manquent pas de justifier cette prétention. Ils se donnent pour le résultat abrégé d'un long processus de pensée fondé sur l'observation et certes aussi sur la déduction ; à qui

a. Dans une lettre à Romain Rolland de 1936, parue sous le titre « Un trouble de mémoire sur l'Acropole », Freud analysera le sens inconscient de l'expérience qu'il a faite en 1904 alors qu'il découvre pour la première fois l'Acropole en compagnie de son frère (in *Résultats, idées, problèmes, II*, 1921-1938, Paris, PUF, 1985).

a l'intention de refaire ce processus au lieu d'en accepter le résultat, ils montrent le chemin à suivre. Il est toujours précisé aussi d'où l'on tient la connaissance ainsi proclamée, quand cela ne va pas de soi comme en matière de géographie. Par exemple, la terre a la forme d'une boule ; comme preuves de cela sont cités l'expérience du pendule de Foucault, le comportement de l'horizon, la possibilité de la circumnavigation. Comme il n'est pas réalisable – tous les intéressés le comprennent – d'envoyer tous les écoliers faire le tour du monde en bateau, on se contente de faire admettre les enseignements de l'école « sur la bonne foi », mais on sait que la voie reste ouverte pour s'en convaincre personnellement.

Essayons de mesurer à la même aune les dogmes religieux. Quand nous demandons sur quoi se fonde leur prétention d'être crus, on nous donne trois réponses, qui curieusement s'accordent mal ensemble. Premièrement, ils méritent d'être crus parce que déjà nos aïeux y croyaient ; deuxièmement, nous possédons des preuves, qui nous ont été transmises depuis ces temps anciens, justement ; et troisièmement, il est tout simplement interdit de poser la question de cette crédibilité. S'y risquer était autrefois frappé des châtiments les plus rigoureux, et aujourd'hui encore la société voit d'un mauvais œil que quelqu'un s'y risque à nouveau.

C'est ce troisième point qui doit nécessairement susciter nos plus fortes réserves. Car enfin un tel interdit ne peut avoir qu'un seul motif : que la société connaît fort bien l'incertitude de la prétention qu'elle élève quant à ses doctrines religieuses. S'il en allait autrement, elle mettrait assurément on ne peut plus volontiers à la disposition de qui veut se faire une conviction le matériau nécessaire. Aussi abordons-nous avec une méfiance difficile à faire taire l'examen des deux autres preuves. Nous sommes censés croire parce que nos aïeux croyaient. Mais ces ancêtres étaient beaucoup plus ignorants que nous, ils croyaient des choses qu'il est aujourd'hui impossible que nous puissions croire. La possibilité se fait jour que les dogmes religieux pourraient être eux aussi de cette espèce. Les preuves qu'ils nous ont léguées sont consignées dans des écrits qui portent eux-mêmes tous les caractères de l'absence de fiabilité. Ils sont contradictoires, retravaillés, falsifiés ; quand ils rapportent des faits probants, ceux-ci ne sont pas eux-mêmes prouvés. Il n'avance pas à grand-chose qu'on invoque, comme origine de leurs termes ou seulement de leur contenu, une révélation divine, car cette affirmation est elle-même déjà un morceau de ces dogmes dont il s'agit d'examiner s'ils sont crédibles, et une proposition ne peut pas se prouver elle-même.

Nous arrivons ainsi à cet étrange résultat que, dans le patrimoine de notre civilisation, les informations qui pourraient avoir la plus grande importance pour nous, ayant mission de résoudre pour nous les énigmes du monde et de nous réconcilier avec les souffrances de la vie, sont précisément celles qui ont la plus faible crédibilité. Nous ne pourrions pas nous résoudre à admettre un fait pour nous aussi indifférent que le fait que les baleines font des petits et non des œufs, s'il n'était pas assorti de meilleures preuves.

Cet état de choses est en lui-même un problème psychologique très curieux. Et qu'on n'aille pas croire que les remarques suivantes sur l'improbabilité des dogmes religieux contiennent rien de neuf. Elle a été ressentie à toutes les époques, et sûrement aussi par les aïeux qui nous ont légué un tel héritage. Il est vraisemblable que beaucoup de ces hommes ont nourri les mêmes doutes, mais il pesait sur eux une pression trop forte pour qu'ils osent les exprimer. Et depuis lors, des hommes innombrables se sont tourmentés avec ces mêmes doutes qu'ils voulaient réprimer parce qu'ils se sentaient obligés de croire, de nombreux intellects brillants ont échoué du fait de ce conflit, de nombreux caractères ont subi des dommages du fait des compromis où ils cherchaient une issue.

Si toutes les preuves qu'on avance pour rendre crédibles les dogmes religieux sont issues du passé, on a envie de chercher si le présent, dont on peut mieux juger, peut fournir de telles preuves. Si l'on parvenait à faire échapper à ce genre de doute ne serait-ce qu'un seul morceau du système religieux, l'ensemble y gagnerait extraordinairement en crédibilité. Intervient ici l'activité des spiritistes, qui sont convaincus de la survie de l'âme individuelle et qui entendent nous démontrer sans le moindre doute cet unique article de la doctrine religieuse. Ils ne parviennent malheureusement pas à réfuter que les apparitions et les propos de leurs esprits ne sont que des productions de leur propre activité psychique. Ils ont convoqué les plus grands hommes, les penseurs les plus éminents, mais les propos et les informations qu'ils en ont recueillis étaient d'une telle niaiserie, d'une insignifiance si désolante, qu'on ne peut ajouter foi qu'à une chose : la capacité des esprits à s'adapter au cercle de personnes qui les évoquent. Il faut maintenant mentionner deux tentatives qui donnent l'impression d'un effort désespéré pour esquiver le problème. L'une est faite en force, elle est ancienne, l'autre est subtile et moderne. La première est le *credo quia absurdum*[a] du père de l'Église. Cela veut dire que les dogmes religieux sont soustraits aux prétentions de la raison, qu'ils sont au-dessus d'elle. On doit éprouver leur vérité intérieurement, on n'a pas besoin de les comprendre. Toutefois, ce credo n'est intéressant qu'en tant que profession personnelle, comme proclamation d'un pouvoir il ne lie personne. Veut-on que je sois obligé de croire n'importe quelle absurdité ? Et si tel n'est pas le cas, pourquoi précisément celle-ci ? Il n'y a pas d'instance au-dessus de la raison. Si la vérité des dogmes religieux dépend d'une expérience intérieure qui témoigne de cette vérité, que fait-on de tous ceux qui n'ont pas une expérience aussi rare ? On peut exiger de tous les hommes qu'ils fassent usage du don de raison qu'ils possèdent, mais on ne peut pas bâtir une obligation valable pour tous sur un motif qui n'existe que chez un très petit nombre. Si un individu, à partir d'un état d'extase qui l'a profondément remué, est arrivé à la conviction inébranlable que les dogmes religieux sont d'une vérité réelle, qu'est-ce que cela signifie pour autrui ?

a. Locution latine signifiant « je crois parce que c'est absurde », ayant pour origine un énoncé de Tertullien au IIIe siècle de notre ère.

La seconde tentative est celle de la philosophie du « comme si ». Elle expose qu'il y a, dans l'activité de notre pensée, quantité de choses admises dont nous voyons tout à fait qu'elles sont sans fondement, voire absurdes. Elles sont qualifiées de fictions, mais, pour toutes sortes de motifs pratiques, nous sommes contraints de nous comporter « comme si » nous croyions à ces fictions. Cela vaudrait pour les dogmes religieux, à cause de leur incomparable importance pour le maintien de la société humaine[1]. Cette argumentation n'est pas fort éloignée du *credo quia absurdum*. Mais je veux parler d'une exigence du « comme si » telle que seul un philosophe peut la faire valoir. L'homme qui n'est pas influencé dans sa pensée par les artifices de la philosophie ne l'acceptera jamais ; pour lui, une fois avouée l'absurdité, la contradiction avec la raison, tout est terminé. Rien ne pourra le forcer, s'agissant justement de traiter ses intérêts les plus importants, à renoncer aux sécurités qu'il exige, sinon pour toutes ses activités habituelles. Je me souviens d'un de mes enfants qui s'est signalé très tôt par un sens marqué des réalités concrètes. Quand on racontait un conte aux enfants,

1. J'espère ne pas commettre d'injustice en faisant défendre au philosophe du « comme si » une opinion qui n'est pas étrangère non plus à d'autres penseurs. Voir H. Vaihinger, *La Philosophie du comme si*, p. 68 de l'éd. allemande de 1922 : « Nous englobons dans la fiction non seulement des opérations théoriques indifférentes, mais des constructions conceptuelles qu'ont inventées les hommes les plus éminents, auxquelles est attaché le cœur de la partie la plus noble de l'humanité et que celle-ci ne se laisse pas arracher. Nous ne voulons d'ailleurs rien faire de tel – en tant que fiction pratique, nous laissons tout cela en place, mais comme vérité théorique cela dépérit. »

qui écoutaient religieusement, il venait se joindre à eux et demandait : « C'est une histoire vraie ? » Une fois qu'on avait dit non, il s'écartait d'un air dédaigneux. On peut s'attendre à ce que les hommes se comportent bientôt de manière semblable avec les contes religieux, en dépit du renfort du « comme si ».

Mais pour l'heure ils se comportent encore de façon tout autre et, aux époques passées, les représentations religieuses, en dépit de leur incontestable manque de crédibilité, ont exercé la plus forte influence sur l'humanité. C'est un nouveau problème psychologique. Il faut se demander en quoi consiste la force interne de ces dogmes, à quelles circonstances ils doivent leur efficacité indépendante de leur reconnaissance par la raison.

VI

Il me semble que nous avons suffisamment préparé la réponse aux deux questions. Elle s'obtient si nous prenons en considération la genèse psychique des représentations religieuses. Celles-ci, qui se donnent pour des dogmes, ne sont pas des précipités d'expériences ni des résultats d'une pensée, ce sont des illusions, des accomplissements des désirs les plus anciens, les plus forts, les plus urgents de l'humanité ; le secret de leur force est la force de ces désirs. Nous savons déjà que c'est l'effrayante impression de désarroi chez l'enfant qui a suscité le désir de protection – protection par l'amour – qu'a comblé le père, et que c'est la notion de la persistance de ce désarroi tout au long de la vie qui a fait se raccrocher à l'existence d'un Père – mais désormais plus puissant. Du fait de l'action bienveillante de la providence divine, l'angoisse devant les dangers de la vie est apaisée, l'instauration d'un ordre éthique du monde assure que s'accomplisse l'exigence de justice restée si souvent inaccomplie au sein de la civilisation humaine, le prolongement de l'existence humaine par une vie future fournit le cadre spatial et temporel dans lequel sont censés avoir lieu ces accomplissements de désirs. Certaines réponses à des énigmes qui se posent au désir humain de savoir, comme celle de la naissance du monde et celle du rapport entre le corps et l'âme, sont développées selon les présupposés de ce système ; c'est un immense soulagement pour la psyché individuelle, lorsqu'elle est débarrassée des conflits infantiles issus du complexe du père et jamais entièrement surmontés, et qu'ils sont réorientés vers une solution admise par tous.

Quand je dis que tout cela ce sont des illusions, il faut que je délimite la signification de ce mot. Une illusion n'est pas la même chose qu'une erreur, elle n'est d'ailleurs pas nécessairement une erreur. L'opinion d'Aristote selon laquelle la vermine est produite par l'ordure, opinion encore partagée aujourd'hui par le peuple ignorant, était une erreur, tout comme celle de médecins d'autrefois, pour qui le *tabes dorsalis*[a] était la conséquence d'excès sexuels. Ce serait un abus de langage de qualifier ces erreurs d'illusions. En revanche, ce fut une illusion de Christophe Colomb que de croire qu'il avait découvert une nouvelle voie maritime vers l'Inde. La part de son désir, dans cette erreur, est très claire. On peut traiter d'illusion l'affirmation de certains nationalistes pour qui les Indo-Européens sont la seule race humaine capable de civilisation, ou la conviction, détruite seulement par l'arrivée de la psychanalyse, que l'enfant est un être sans sexualité. Ce qui reste caractéristique de l'illusion, c'est

a. Complication neurologique de la syphilis.

qu'elle dérive de désirs humains ; de ce point de vue elle se rapproche de l'idée délirante en psychiatrie, mais elle s'en distingue aussi, indépendamment de la structure complexe de celle-ci. Dans l'idée délirante, nous faisons ressortir comme essentielle la contradiction avec la réalité ; l'illusion n'est pas nécessairement fausse, c'est-à-dire irréalisable ou en contradiction avec la réalité. Une jeune fille de la bourgeoisie peut, par exemple, entretenir l'illusion qu'un prince viendra pour l'épouser. La chose est possible, quelques cas de ce genre se sont produits. Que le Messie vienne et fonde un âge d'or est beaucoup moins vraisemblable ; selon sa position personnelle, on jugera que cette croyance est à classer comme illusion ou comme analogue à une idée délirante. Sinon, les exemples d'illusions qui se sont révélées être des vérités ne sont pas faciles à trouver. Mais l'illusion alchimiste de pouvoir transmuer en or tous les métaux pourrait en être un. Le désir d'avoir beaucoup d'or, autant d'or que possible, est très atténué par la conscience que nous avons aujourd'hui des conditions de la richesse, mais la chimie ne considère plus comme impossible la transmutation des métaux en or. Nous disons donc qu'une croyance est une illusion quand, dans sa motivation, c'est l'accomplissement du désir qui se met en avant, et nous négligeons alors son rapport avec la réalité, tout comme l'illusion elle-même renonce aux accréditations de celle-ci.

Si, après nous être ainsi orientés, nous nous tournons de nouveau vers les dogmes religieux, nous pouvons dire en nous répétant : ce sont autant d'illusions, impossibles à prouver, personne n'est nécessairement contraint de les tenir pour vrais, d'y croire. Certains d'entre eux sont si invraisemblables, sont à ce point en contradiction avec tout ce que nous avons laborieusement appris sur la réalité du monde, que l'on peut – en tenant compte des différences psychologiques à respecter – les comparer aux idées délirantes. De la valeur de réalité qu'ont la plupart d'entre elles, on ne saurait juger. Autant elles sont impossibles à prouver, autant elles sont impossibles à réfuter. On sait encore trop peu de choses pour les aborder de façon critique. Les énigmes du monde ne se révèlent que lentement à notre recherche, à de nombreuses questions la science ne peut encore aujourd'hui apporter de réponse. Mais pour nous le travail scientifique est la seule voie qui puisse nous mener à la connaissance de la réalité qui nous est extérieure. Ce n'est de nouveau qu'une illusion d'attendre quelque chose de l'intuition et de la plongée en soi-même ; elle ne saurait nous donner que des ouvertures difficilement interprétables sur notre propre vie psychique, jamais d'informations sur les questions auxquelles le dogme religieux répond si aisément. Combler la lacune en faisant intervenir son propre arbitraire et, selon son appréciation personnelle, déclarer plus ou moins acceptable tel ou tel morceau du système religieux, voilà qui serait criminel. Ces questions sont trop importantes pour cela, on a envie de dire : trop sacrées.

À cet endroit, l'on peut s'attendre à l'objection : eh bien, si même les sceptiques acharnés concèdent que les affirmations de la religion ne peuvent être réfutées par la raison, pourquoi ne devrais-je pas y croire, puisqu'elles ont tant pour elles, la tradition, le consensus des hommes et tout ce qu'il y a de réconfortant dans leur contenu ? Oui, pourquoi pas ? De même qu'on ne peut forcer personne à croire, on ne peut forcer personne à ne pas croire. Mais qu'on ne se berce pas de l'illusion de suivre, avec des raisons pareilles, les chemins d'une pensée correcte. Si la condamnation « mauvais prétexte » a jamais été à sa place, c'est bien là. L'ignorance est l'ignorance ; on ne saurait déduire d'elle aucun droit de croire quelque chose. Aucun homme raisonnable ne se comportera avec une telle légèreté en d'autres matières et ne se contentera d'aussi pauvres raisons pour justifier ses jugements, son parti pris ; c'est seulement dans les matières les plus hautes et les plus sacrées qu'il se permet cela. En réalité, ce ne sont que des efforts pour feindre, aux yeux des autres et à ses propres yeux, qu'on est encore fidèle à la religion alors qu'on s'en est depuis longtemps détaché. Lorsqu'il s'agit de questions de religion, les hommes se rendent coupables de toutes les insincérités et malhonnêtetés possibles. Les philosophes étirent la signification des mots jusqu'à ce qu'ils ne conservent quasi plus rien de leur sens originel, ils appellent « Dieu » n'importe quelle vague abstraction qu'ils se sont créée, et dès lors ils sont déistes, croyants, aux yeux du monde, ils peuvent se targuer d'avoir découvert une notion de Dieu plus haute, plus pure, bien que leur Dieu ne soit plus qu'une ombre inconsistante et non plus la personnalité puissante du dogme religieux. Des critiques persistent à déclarer « profondément religieux » un homme qui professe devant le monde entier son sentiment de la petitesse et de l'impuissance humaines, alors que ce n'est pas ce sentiment qui fait l'essence de la religiosité, mais seulement l'étape suivante, la réaction à ce sentiment, qui cherche à se prémunir contre lui. Celui qui ne va pas plus loin, qui se contente humblement du rôle infime de l'homme dans le vaste monde, est bien plutôt irréligieux au sens le plus vrai du mot.

Il n'entre pas dans le plan de cette analyse de prendre position sur la valeur de vérité des dogmes religieux. Il nous suffit d'avoir discerné qu'ils sont, dans leur nature psychologique, des illusions. Mais nous n'avons pas besoin de dissimuler que cette découverte influence puissamment aussi notre position sur la question qui paraît nécessairement la plus importante à beaucoup. Nous savons à peu près à quelles époques les dogmes religieux ont été créés et par quelle sorte d'hommes. Si nous apprenons de surcroît pour quels motifs cela s'est passé, notre point de vue sur le problème religieux se trouve notablement déplacé. Nous nous disons que ce serait très beau qu'il y eût un Dieu créateur des mondes et une providence bienveillante, un ordre éthique de l'univers et une vie dans l'au-delà[a], mais qu'il est tout de même très frappant que tout cela soit tel que nous nous le souhaitons nécessairement. Et il serait encore plus étrange que nos pauvres aïeux, ignorants et sans liberté, aient réussi à trouver la solution de toutes ces difficiles énigmes du monde.

a. L'ordre éthique de l'univers est celui qui, en termes kantiens, permettrait une réconciliation du bonheur et de la vertu (cf. E. Kant, *Critique de la raison pratique*, trad. F. Picavet, Paris, PUF, « Quadrige », 1989).

VII

Une fois que nous avons compris que les dogmes religieux étaient des illusions, nous voyons surgir aussitôt la question suivante, qui est de savoir si tel autre patrimoine de la civilisation, tenu en haute estime et que nous laissons dominer notre vie, n'est pas de nature semblable ; si les présupposés qui régissent nos institutions politiques ne doivent pas aussi être appelés illusions, si les relations entre les sexes ne sont pas, dans notre civilisation, perturbées par une ou plusieurs illusions érotiques ? Notre méfiance une fois éveillée, nous n'aurons pas peur de nous demander également si notre conviction de pouvoir apprendre quelque chose de la réalité extérieure en recourant à l'observation et à la pensée, dans le travail scientifique, est mieux fondée. Rien ne doit nous retenir d'approuver que l'observation se tourne vers notre propre nature et que la pensée s'emploie à sa propre critique. Il s'ouvre là une série d'enquêtes dont le produit devrait devenir décisif pour la construction d'une « vision du monde ». Nous pressentons, aussi bien, qu'un effort de ce genre ne sera pas gaspillé et qu'il apportera une justification au moins partielle de notre suspicion. Mais la capacité de l'auteur se refuse à une tâche aussi vaste, il est forcé de restreindre son travail à l'étude d'une seule de ces illusions, à savoir précisément l'illusion religieuse. Voici que la forte voix de notre adversaire nous intime l'ordre de nous arrêter. Nous devons rendre des comptes sur notre activité interdite. Il nous dit :

« Les intérêts archéologiques sont certes fort louables, mais on n'entreprend pas de fouilles quand elles aboutiraient à saper les demeures des vivants au point que celles-ci s'effondrent et ensevelissent les gens sous leurs ruines. Les dogmes religieux ne sont pas un objet sur lequel on puisse ergoter comme sur n'importe quel autre. Notre civilisation est construite sur eux, le maintien de la société humaine a pour présupposé que les hommes, dans leur immense majorité, croient à la vérité de ces dogmes. Si on leur enseigne qu'il n'y a pas de Dieu tout-puissant et infiniment juste, pas d'ordre divin de l'univers et pas de vie future, ils se sentiront quittes de toute obligation de suivre les prescriptions de la civilisation. Chacun suivra sans frein et sans peur ses pulsions asociales, égoïstes, et cherchera à user de son pouvoir, le chaos recommencera, alors que nous l'avons dompté au prix d'un travail millénaire de civilisation. Même si l'on savait et pouvait prouver que la religion n'est pas en possession de la vérité, il faudrait le taire et se comporter comme l'exige la philosophie du "comme si", dans l'intérêt de la sauvegarde de tous. Par ailleurs, outre le danger de l'entreprise, c'est aussi une cruauté inutile. Des hommes innombrables trouvent dans les dogmes de la religion leur unique consolation, ne peuvent supporter la vie que grâce à son aide. On veut leur ravir cet appui et l'on n'a rien de mieux à leur donner en échange. L'aveu a été fait que la science n'apporte présentement pas grand-chose, mais même si elle était beaucoup plus avancée, elle ne suffirait pas aux hommes. L'être humain a encore d'autres besoins impérieux, qui ne pourront jamais être satisfaits par la froide science, et il est très étrange, c'est même un comble d'inconséquence, qu'un psychologue qui a toujours souligné combien l'intelligence s'efface devant la vie pulsionnelle dans la vie des hommes s'efforce maintenant de priver ceux-ci d'une précieuse satisfaction de désirs et entende les en dédommager par une nourriture intellectuelle. »

Voilà beaucoup d'accusations à la fois ! Mais je suis prêt à les réfuter toutes et, de surcroît, je défendrai l'idée que maintenir le rapport actuel à la religion représente un plus grand danger pour la civilisation que le défaire. Simplement je ne sais guère par quoi commencer ma riposte.

Peut-être en assurant que je considère moi-même mon entreprise comme tout à fait anodine et sans danger. La surestimation de l'intellect n'est pas cette fois de mon côté. Si les hommes sont comme les décrivent les adversaires – et je n'ai pas envie de contredire sur ce point –, il n'y a pas de danger qu'un pieux croyant, subjugué par mes développements, se laisse arracher sa foi. En outre, je n'ai rien dit que des hommes de plus grande qualité n'aient dit avant moi de façon bien plus complète, plus forte et plus impressionnante. Les noms de ces hommes sont connus, je ne les citerai pas, il ne faut pas que l'impression soit donnée que je veux me placer dans leur rang. J'ai uniquement – c'est tout ce qu'il y a de neuf dans mon exposé – ajouté à la critique de mes grands prédécesseurs un peu d'argumentation psychologique. On ne peut guère s'attendre à ce que cet ajout produise à toute force l'effet qui fut refusé à ceux du passé. À vrai dire, on pourrait alors me demander pourquoi l'on écrit de telles choses si l'on est sûr de leur inefficacité. Mais nous reviendrons plus tard sur ce point.

Le seul à qui cette publication peut porter tort, c'est moi-même. Je vais entendre les reproches les plus déplaisants pour ma platitude, ma courte vue, mon manque d'idéalisme et de compréhension des intérêts les plus hauts de l'humanité. Mais d'une part ces griefs n'ont rien de nouveau pour moi, et d'autre part, quand quelqu'un, dès ses jeunes années, est passé par-dessus l'hostilité de ses contemporains, que veut-on qu'elle lui fasse dans sa vieillesse, quand il est sûr d'être bientôt hors de portée de toute faveur ou défaveur ? Il en allait autrement à des époques plus anciennes, où tenir de tels propos vous valait à coup sûr un abrègement de votre existence terrestre et l'occasion bien accélérée de tâter par vous-même de la vie dans l'au-delà. Mais, je le redis, ces époques sont révolues et aujourd'hui pareil scribouillage est sans danger, y compris pour son auteur. Tout au plus un livre ne sera-t-il pas autorisé à être traduit et diffusé dans un pays ou l'autre. En particulier, naturellement, dans un pays qui se sent sûr de son haut niveau de civilisation. Mais quand on plaide de façon générale pour le renoncement au désir et l'acceptation du destin, il faut aussi pouvoir supporter ce préjudice.

A surgi alors chez moi la question de savoir si la publication de cet écrit ne pourrait pas tout de même porter tort à quelqu'un. Non à une personne, certes, mais à une cause, celle de la psychanalyse. Car enfin il est indéniable qu'elle est ma création, on lui a suffisamment témoigné de méfiance et de malveillance ; si maintenant je me manifeste par des propos aussi déplaisants, on ne sera que trop disposé à opérer le glissement de ma personne à la psychanalyse. On voit maintenant, dira-t-on, à quoi mène la psychanalyse. Le masque est tombé ; à nier Dieu et l'idéal moral, comme nous l'avons toujours soupçonné. Pour nous empêcher de faire cette découverte, on nous a fait croire que la psychanalyse n'avait pas de vision du monde et ne pouvait en façonner une.

Ce tapage me sera réellement désagréable, à cause de mes nombreux collaborateurs, dont certains ne partagent absolument pas ma position sur les problèmes religieux. Mais la psychanalyse a déjà surmonté de nombreuses tempêtes, et il faut l'exposer aussi à celle-ci. En réalité la psychanalyse est une méthode de recherche, un instrument impartial, comme par exemple le calcul infinitésimal. Si grâce à lui un physicien découvre que la terre disparaîtra au bout d'un temps déterminé, on hésitera tout de même à taxer le calcul en lui-même de tendances destructives et à le mettre pour cela à l'index. Tout ce que j'ai dit ici contre la valeur de vérité des religions n'avait pas besoin de la psychanalyse, cela a été dit par d'autres longtemps avant qu'elle n'existe.

Si l'on peut, en appliquant la méthode psychanalytique, gagner un argument de plus contre la valeur de vérité de la religion, *tant pis* pour la religion, mais ses défenseurs se serviront, à tout aussi juste titre, de la psychanalyse pour rendre pleinement compte de l'importance affective du dogme religieux.

Or, pour continuer dans la défense : la religion a manifestement rendu à la civilisation humaine de signalés services, elle a beaucoup contribué à dompter les pulsions asociales, mais pas assez. Elle a régi la société humaine pendant de nombreux millénaires, elle a eu le temps de montrer ce dont elle est capable. Si elle était parvenue à rendre heureux la majorité des êtres humains, à les réconforter, à les réconcilier avec la vie, à faire d'eux des porteurs de civilisation, il ne viendrait à l'idée de personne d'aspirer à un changement de la situation actuelle. Que voyons-nous, au lieu de cela ? Qu'une quantité effrayante d'hommes sont mécontents de la civilisation et malheureux en son sein, qu'elle est ressentie comme un joug dont il faut se défaire ; que ces hommes ou bien mettent toutes leurs forces à changer cette civilisation, ou bien vont si loin dans leur hostilité à son égard qu'ils ne veulent absolument rien savoir d'elle et d'une restriction des pulsions. On objectera là que cet état de choses vient précisément de ce que la religion a perdu une part de son influence sur les masses humaines, et ce justement par suite du regrettable effet des progrès de la science. Nous allons noter cet aveu et son argumentation, et l'exploiter plus tard dans notre sens, mais l'objection en elle-même est nulle et non avenue.

Il est douteux que les hommes, au temps où les dogmes religieux régnaient sans restriction, aient été globalement plus heureux qu'aujourd'hui, et ils n'étaient certainement pas plus moraux. Ils ont toujours su vider de leur sens les prescriptions religieuses et, du coup, faire échec aux intentions qui y présidaient. Les prêtres, qui avaient à veiller sur l'obéissance envers la religion, leur prêtèrent la main pour ce faire. La bonté de Dieu devait retenir le bras de sa justice : on péchait et puis l'on sacrifiait ou faisait pénitence, et alors on était libre de pécher à nouveau. Le mysticisme russe est allé jusqu'à argumenter que le péché était indispensable pour jouir de toutes les félicités de la grâce divine, qu'il était donc au fond une œuvre pie. Il est évident que les prêtres ne pouvaient maintenir les masses dans leur soumission à la religion qu'en accordant d'aussi grandes concessions à la nature pulsionnelle de l'homme. On s'en tenait à : Dieu seul est fort et bon, mais l'homme est faible et pécheur. L'immoralité n'a pas trouvé moins d'appui dans la religion, à toutes les époques, que la moralité. Si les résultats de la religion ne sont pas meilleurs quant au bonheur des hommes, à leur aptitude à la civilisation et à l'encadrement de leurs mœurs, alors il faut bien se demander si nous ne surestimons pas sa nécessité pour l'humanité et si nous faisons bien de fonder sur elle nos prétentions à la civilisation. Qu'on réfléchisse aux aspects indéniables de la situation actuelle. Nous avons entendu l'aveu que la religion n'avait plus sur les hommes la même influence qu'autrefois. (Il s'agit là de la civilisation européenne et chrétienne.) Ce non point parce que ses promesses sont devenues moindres, mais parce qu'elles paraissent moins crédibles aux hommes. Admettons que la raison de cette évolution soit le renforcement de l'esprit scientifique dans les couches supérieures de la société humaine. (Peut-être n'est-ce pas la seule raison.) La critique a écorné la force probante des documents religieux, les sciences de la nature ont pointé du doigt les erreurs qu'ils contiennent, la recherche comparative s'est avisée de la fâcheuse ressemblance entre les représentations religieuses que nous vénérons et les productions intellectuelles d'époques et de peuples primitifs.

L'esprit scientifique produit une certaine manière d'aborder les choses de ce monde ; devant les choses de la religion, il marque un temps d'arrêt, hésite et finit là aussi par franchir le seuil. Dans ce processus, il n'est rien qui l'arrête ; plus nombreux sont les hommes qui ont accès aux trésors de notre savoir, plus se répand la désaffection pour la foi religieuse, d'abord seulement pour ses habillages vieillots et choquants, mais ensuite aussi pour ses présupposés fondamentaux. Les Américains, qui ont monté le procès du singe à Dayton[a], ont été les seuls à se montrer conséquents. L'inévitable défection s'accomplit, sinon, en passant par des demi-mesures et des hypocrisies.

Des gens cultivés et des travailleurs intellectuels, la civilisation n'a pas grand-chose à craindre. Le remplacement des motivations religieuses pour un

a. Freud fait ici référence à un procès qui eu lieu à Dayton en 1925 conduisant à la condamnation de John Thomas Scopes pour avoir enseigné la théorie de l'évolution.

comportement civilisé par des motivations autres, temporelles, s'effectuerait chez eux sans bruit ; du reste, ils sont pour une bonne part eux-mêmes porteurs de civilisation. Il en va autrement de la grande masse des incultes, des opprimés, qui ont tout lieu d'être ennemis de la civilisation. Tant qu'ils n'apprennent pas qu'on ne croit plus en Dieu, c'est bien. Mais ils l'apprennent, immanquablement, même si le présent écrit reste dans mes tiroirs. Et ils sont prêts à admettre les résultats de la pensée scientifique, sans qu'ait eu lieu en eux le changement qu'entraîne chez l'homme la pensée scientifique. N'y a-t-il pas danger que l'hostilité de ces masses envers la civilisation se précipite sur le point faible discerné chez cette oppresseuse ? Si la seule raison de ne pas tuer son semblable est que Dieu l'a interdit et sévira durement dans cette vie ou dans l'autre, mais qu'on apprend qu'il n'y a pas de bon Dieu, qu'on n'a pas à craindre son châtiment, alors on tuera sûrement sans hésiter et l'on ne pourra en être empêché que par le pouvoir terrestre. Dès lors, ou bien il faut que ces masses dangereuses soient tenues le plus rigoureusement possible à leur place inférieure et soigneusement coupées de toute occasion d'éveil intellectuel, ou bien il faut réviser radicalement le rapport entre civilisation et religion.

VIII

On pourrait penser que la réalisation de cette dernière proposition ne se heurte pas à des difficultés particulières. Il est exact qu'on renonce alors à quelque chose, mais on gagne peut-être davantage et l'on évite un grand danger. Néanmoins l'on recule avec effroi, comme si l'on exposait ainsi la civilisation à un danger encore plus grand. Lorsque saint Boniface abattit un arbre que les Saxons vénéraient comme sacré, ceux qui se trouvaient là s'attendirent à ce que ce crime provoquât un événement épouvantable. Il ne se produisit pas et les Saxons acceptèrent le baptême.

Lorsque la civilisation instaura le commandement de ne pas tuer le voisin que l'on hait, qui vous gêne ou dont on convoite le bien, ce fut manifestement dans l'intérêt de la vie des hommes en communauté, qui sinon eût été impraticable. Car le meurtrier attirerait sur lui la vengeance des proches de la victime et la sourde envie des autres, lesquels éprouvent intérieurement tout autant de penchant pour une telle violence. Il ne jouirait donc pas longtemps de sa vengeance ou de son rapt, il aurait toute chance d'être bientôt abattu à son tour. Même si une force et une prudence extraordinaires le mettaient à l'abri d'un adversaire isolé, il ne pourrait que succomber face à l'association de plus faibles. Si une telle association ne se constituait pas, les meurtres se poursuivraient indéfiniment et la fin serait que les hommes s'extermineraient mutuellement. Ce serait le même état de choses entre individus que celui qui en Corse persiste encore entre certaines familles, et sinon persiste seulement entre nations. Le même danger pour tous quant à la sécurité de leur vie unit dès lors les hommes en une société qui interdit de tuer et se réserve le droit de mettre à mort en commun celui qui enfreint cet interdit. C'est alors la justice et le châtiment. Mais cette justification rationnelle de l'interdit du meurtre, nous n'en faisons pas état, nous prétendons que c'est Dieu qui a prononcé l'interdit. Ainsi, nous nous faisons fort de deviner ses intentions et nous trouvons que lui non plus ne veut pas que les hommes s'exterminent les uns les autres. En procédant de la sorte, nous habillons l'interdit civilisationnel d'une solennité toute particulière, mais nous risquons par là même de faire dépendre son respect de la foi en Dieu. Si nous revenons sur cette démarche, si nous n'attribuons plus indûment notre volonté à Dieu et si nous nous en tenons à la justification sociale, nous aurons certes renoncé à transfigurer l'interdit civilisationnel, en revanche nous aurons aussi évité qu'il soit mis en danger. Mais nous gagnerons aussi quelque chose d'autre. Par une sorte de diffusion ou de contagion, ce caractère de sacralité, d'inviolabilité, d'au-delà, pourrait-on dire, s'est étendu d'un petit nombre de grands interdits à toutes les autres institutions de la civilisation, à toutes ses lois et prescriptions. Or cette auréole leur va souvent fort mal ; non seulement elles se dévalorisent elles-mêmes en tranchant de façons opposées selon l'époque et le lieu, mais elles manifestent aussi par ailleurs tous les symptômes de l'insuffisance humaine. On distingue aisément parmi elles ce qui ne peut être que le produit d'une anxiété à courte vue, l'expression d'intérêts mesquins ou la conclusion tirée de prémisses insuffisantes. La critique qu'on est obligé d'exercer à leur encontre rabaisse fâcheusement aussi le respect dû à d'autres exigences de la civilisation, mieux justifiées. Comme c'est une tâche scabreuse de faire le départ entre ce que Dieu a lui-même exigé et ce qui découle plutôt de l'autorité d'un parlement tout-puissant ou d'un haut magistrat, ce serait un indubitable avantage que de laisser Dieu tout à fait hors du jeu et d'avouer honnêtement l'origine purement humaine de toutes les institutions et prescriptions de la civilisation. Avec la sacralité revendiquée disparaîtraient aussi la rigidité et l'immuabilité de ces commandements et de ces lois. Les hommes pourraient comprendre que ce sont là des choses créées non pas tant pour les dominer, mais bien plutôt pour servir leurs intérêts, ils y gagneraient un rapport plus amical avec elles, ils se fixeraient pour but, au lieu de leur abolition, seulement leur amélioration. Ce serait un important progrès sur la voie de la réconciliation avec la pression de la civilisation.

Mais voici que notre plaidoyer pour une justification purement rationnelle des prescriptions de la civilisation, donc pour qu'elles soient ramenées à une nécessité sociale, est interrompu soudain par un scrupule. Nous avons choisi comme exemple la genèse de l'interdit de tuer. La présentation que nous avons faite correspond-elle à la vérité historique ? Nous craignons que non, elle semble n'être qu'une construction rationaliste. Ce morceau de l'histoire de la civilisation humaine, nous l'avons justement étudié à l'aide de la psychanalyse et, appuyé sur cette tentative, nous sommes obligé de dire qu'en réalité ce fut autrement. Les motifs purement rationnels, encore chez l'être humain d'aujourd'hui, sont de peu d'effet contre les élans passionnels ; combien plus impuissants furent-ils nécessairement chez l'animal humain de la préhistoire ! Peut-être ses descendants se massacreraient-ils les uns les autres sans retenue aujourd'hui encore si, parmi ces meurtres, il n'y en avait pas eu un, le meurtre du père primitif[a], qui a suscité une réaction affective irrésistible et lourde de conséquences. C'est d'elle qu'est issu le commandement : tu ne tueras point, qui dans le totémisme était limité au substitut du père, qui fut ensuite étendu à d'autres, et qui aujourd'hui n'est toujours pas appliqué sans exceptions.

Mais ce père primitif, conformément à des développements que je n'ai pas besoin de répéter ici, a été l'image primitive de Dieu, le modèle sur lequel des générations ultérieures ont donné forme à la figure de Dieu. Ainsi, la présentation religieuse des choses a raison, Dieu a réellement participé à la

a. Freud a développé l'hypothèse du meurtre du père primitif dans *Totem et Tabou*, en 1912-1913 (cf. notre présentation, *op. cit.*).

genèse de cet interdit, c'est son influence qui l'a instauré et non l'évidence de sa nécessité sociale. Et le déplacement de la volonté humaine vers Dieu est pleinement justifié, car les hommes savaient fort bien qu'ils avaient éliminé le père par un acte de violence et, dans leur réaction à ce crime, ils se sont résolus à respecter désormais sa volonté. Le dogme religieux nous communique donc la vérité historique, certes sous un certain habillage qui la déforme ; notre présentation rationnelle récuse cette vérité. Nous remarquons maintenant que le trésor des représentations religieuses ne contient pas seulement des accomplissements de désirs, mais aussi des réminiscences historiques lourdes de significations. Cette action conjointe du passé et de l'avenir, quel incomparable surcroît de puissance elle donne nécessairement à la religion ! Mais peut-être aussi qu'à la faveur d'une analogie voici déjà que se dégage à nos yeux une autre idée. Il n'est pas bon de transplanter des notions loin du sol où elles ont poussé, mais nous sommes obligé de laisser s'exprimer une concordance. De l'enfant humain nous savons qu'il ne peut pas bien effectuer son évolution vers la civilisation sans passer par une phase de névrose plus ou moins nette. Cela vient de ce que l'enfant, face à tant d'exigences pulsionnelles plus tard inutilisables, ne peut pas les réprimer par un travail rationnel de son esprit, mais est obligé de les dompter par des actes de refoulement, derrière lesquels se trouve en règle générale un motif d'angoisse. La plupart de ces névroses infantiles sont surmontées spontanément au cours de la croissance, les névroses obsessionnelles de l'enfance connaissent en particulier ce destin. Le reste est encore, plus tard, l'affaire du traitement psychanalytique. De façon tout à fait analogue, on aurait à admettre que l'humanité dans son ensemble, au cours de son évolution séculaire, traverse des états analogues aux névroses, et ce pour les mêmes raisons : parce que, aux époques de son ignorance et de sa faiblesse intellectuelle, elle n'a pu opérer que par des forces purement affectives les renoncements pulsionnels indispensables à la vie humaine en communauté. Les retombées de ces phénomènes, analogues au refoulement, qui se sont produits dans la nuit des temps ont encore marqué longtemps la civilisation. La religion serait la névrose obsessionnelle générale de l'humanité[a], comme celle de l'enfant elle est issue du complexe d'Œdipe, du rapport au père. Selon cette conception, il faudrait prévoir que le détachement de la religion doit s'accomplir avec la fatale inexorabilité d'un processus de croissance, et que nous nous trouvons actuellement en plein dans cette phase de l'évolution.

Notre attitude devrait alors prendre pour modèle le comportement d'un éducateur intelligent, qui ne s'oppose pas à une transformation imminente, mais cherche à la favoriser et à canaliser la violence de son irruption. Cette analogie ne rend pas compte, à vrai dire, de toute la nature de la religion. Si celle-ci,

a. Cette analogie entre la névrose obsessionnelle et la religion a été formulée par Freud dans *Totem et Tabou*. Les interdits, rites, obsessions qui constituent les symptômes de la névrose obsessionnelle s'éclairent grâce à un rapprochement avec la vie psychique des sauvages, leur croyance et leur crainte.

d'un côté, amène des restrictions contraignantes comme le fait une névrose obsessionnelle chez l'individu, elle contient aussi, d'un autre côté, des illusions désirantes avec déni de la réalité telles que nous n'en trouvons isolément que dans les cas d'*amentia*, de confusion mentale heureuse et hallucinatoire. C'est qu'il ne s'agit là que de comparaisons, grâce auxquelles nous nous efforçons de comprendre le phénomène social, la pathologie individuelle ne nous fournit pas de pendant pleinement valable. Il a été signalé à maintes reprises (par moi et en particulier par Th. Reik) jusque dans quels détails on peut suivre l'analogie entre la religion et une névrose obsessionnelle, et que cette démarche permet de comprendre quantité de singularités et de destins dans la constitution de la religion. Cela concorde également bien avec le fait que le croyant jouit d'un haut degré de protection contre le risque de certaines affections névrotiques ; l'acceptation de la névrose générale le dispense de la tâche de développer une névrose personnelle.

Discerner la valeur historique de certains dogmes religieux accroît notre respect pour eux, mais n'ôte pas sa valeur à notre proposition de ne plus les faire figurer parmi les motifs des prescriptions de la civilisation. Au contraire ! Grâce à ces vestiges historiques nous en sommes arrivé à concevoir les dogmes religieux comme des sortes de reliquats névrotiques, et nous pouvons maintenant dire qu'il est vraisemblablement temps, comme dans le traitement analytique du névrosé, de remplacer les succès du refoulement par les résultats du travail rationnel de l'esprit. Qu'à la faveur de ce travail de transformation l'on ne se contentera pas de renoncer à la transfiguration solennelle des prescriptions de la civilisation, qu'une révision générale de celles-ci entraînera pour beaucoup une suppression, voilà qui est prévisible, mais n'est guère à regretter. La tâche qui nous est fixée, réconcilier les hommes avec la civilisation, sera largement résolue en suivant cette voie. Dès lors qu'il va de pair avec une motivation rationnelle des prescriptions de la civilisation, le renoncement à la vérité historique ne doit pas nous affliger. Les vérités contenues dans les dogmes religieux sont en effet si déformées et systématiquement déguisées que la masse des hommes ne peuvent en discerner la vérité. Quand nous racontons à l'enfant que c'est la cigogne qui apporte les nouveau-nés, c'est un cas analogue. Là aussi nous disons la vérité sous un habillage symbolique, car nous savons ce que signifie le gros oiseau. Mais l'enfant ne le sait pas, il n'entend là-dedans que la part de déformation, il se considère comme trompé, et nous savons combien il est fréquent que sa méfiance envers les adultes et son indocilité tiennent précisément à cette impression. Nous sommes arrivé à la conviction qu'il vaut mieux s'abstenir de communiquer de tels déguisements symboliques de la vérité, et ne pas refuser à l'enfant, en s'adaptant à son niveau intellectuel, la connaissance des réalités.

IX

« Vous vous permettez des contradictions qui sont difficilement compatibles entre elles. Vous affirmez d'abord qu'un écrit comme le vôtre est tout à fait sans danger. Que personne ne se laissera ravir sa foi religieuse par de telles analyses. Mais comme c'est néanmoins votre intention de troubler cette foi, ainsi qu'il apparaît ensuite, on est en droit de demander : pourquoi publiez-vous en réalité cet écrit ? Mais à un autre endroit vous convenez que cela peut devenir dangereux, et même très dangereux, si quelqu'un apprend que l'on ne croit plus en Dieu. Il était jusque-là docile et voici qu'il se débarrasse de l'obéissance aux prescriptions de la civilisation. Tout votre argument, selon lequel c'est la motivation religieuse des commandements de la civilisation qui constitue un danger pour celle-ci, repose bien sur l'hypothèse que le croyant peut être rendu incroyant, c'est tout de même une contradiction totale. »

« Une autre contradiction, c'est lorsque vous concédez, d'un côté, que l'homme ne saurait être dirigé par l'intelligence, qu'il est dominé par ses passions et ses exigences pulsionnelles, mais que d'un autre côté vous proposez de remplacer les bases affectives de son obéissance à la civilisation par des bases rationnelles. Comprenne qui pourra ! Il me semble que c'est ou l'un ou l'autre. »

« Au demeurant, n'avez-vous rien appris de l'histoire ? Pareille tentative de substituer la raison à la religion a déjà été faite une fois, officiellement et en grand. Vous vous souvenez bien de la Révolution française et de Robespierre ? Mais aussi de la brièveté et du lamentable échec de l'expérience. Elle est maintenant réitérée en Russie, inutile d'être curieux de voir comment elle va se terminer. Ne pensez-vous pas que nous avons le droit d'admettre que l'homme ne peut pas se passer de la religion ? »

« Vous avez dit vous-même que la religion était plus qu'une névrose obsessionnelle. Mais vous n'avez pas traité de cet autre côté qui est le sien. Il vous suffit de poursuivre l'analogie avec la névrose. D'une névrose on doit libérer les hommes. De ce qu'on perd par ailleurs dans l'affaire, vous ne vous souciez pas. »

L'apparente contradiction est vraisemblablement due à ce que j'ai traité trop hâtivement de choses compliquées. Nous pouvons nous rattraper quelque peu. Je continue à affirmer que mon écrit, de ce point de vue, est tout à fait sans danger. Aucun croyant ne se laissera troubler dans sa foi par ces arguments ou des arguments semblables. Un croyant a certains liens de tendresse avec la religion. Il y a certainement d'innombrables autres hommes qui ne sont pas croyants dans le même sens. Ils sont obéissants envers les prescriptions de la civilisation parce qu'ils se laissent intimider par les menaces de la religion et craignent celle-ci aussi longtemps qu'ils sont forcés de la considérer comme un morceau de la réalité qui les restreint. Ce sont ceux-là qui s'échappent dès qu'ils ont la possibilité de renoncer à croire en la valeur de réalité de la religion, mais là-dessus non plus les arguments n'ont aucune influence. Ils cessent de craindre la religion lorsqu'ils s'aperçoivent que d'autres ne la craignent pas non plus, et c'est d'eux que j'ai affirmé que même si je ne publiais pas mon écrit ils auraient connaissance de la baisse de l'influence religieuse. Mais je crois que vous accordez vous-même davantage de valeur à l'autre contradiction que vous me reprochez. Les hommes sont si peu accessibles aux raisons rationnelles, ils sont tout entiers dominés par leurs désirs pulsionnels. Pourquoi, par conséquent, vouloir leur ôter une satisfaction de pulsions et la remplacer par des raisons rationnelles ? Certes, les hommes sont ainsi, mais vous êtes-vous demandé s'il faut nécessairement qu'ils soient ainsi, si leur nature la plus intime les y contraint ? Est-ce que l'anthropologue peut indiquer l'index crânien d'un peuple qui a pour coutume de déformer par des bandages la petite tête de ses enfants ? Songez au contraste troublant entre l'intelligence rayonnante d'un enfant en bonne santé et la faiblesse de pensée d'un adulte moyen. Serait-il donc tout à fait impossible que ce soit précisément l'éducation religieuse qui soit en grande partie responsable de cette relative atrophie ? Je veux dire qu'il faudrait très longtemps pour qu'un enfant non influencé commence à se poser des questions sur Dieu et sur des choses au-delà de ce monde. Peut-être ces questions l'entraîneraient-elles alors sur les mêmes voies que ses lointains ancêtres, mais on n'attend pas que cette évolution se produise, on fournit à l'enfant les dogmes religieux à un moment où il n'a ni intérêt pour eux ni la capacité de comprendre leur portée. Retardement du développement sexuel et avancement de l'influence religieuse, tels sont bien les deux points principaux dans le programme de la pédagogie actuelle, n'est-ce pas ? Quand ensuite la pensée de l'enfant s'éveille, les dogmes religieux sont déjà devenus inattaquables. Mais pensez-vous qu'il soit très favorable au renforcement de la fonction de pensée qu'un domaine d'une telle importance lui soit fermé par la menace des peines de l'enfer ? Une fois qu'on a été amené à accepter sans critique toutes les absurdités que vous délivrent les dogmes religieux et à ne pas même voir les contradictions qu'ils ont entre eux, il n'y a rien de très étonnant à ce qu'on manifeste une faiblesse de la pensée. Or nous n'avons pas d'autre moyen pour maîtriser notre énergie pulsionnelle que l'intelligence. Comment peut-on attendre de personnes dominées par des interdits de pensée qu'elles parviennent un jour à l'idéal psychologique, au primat de l'intelligence ? Vous savez aussi qu'on taxe les femmes en général de « débilité physiologique », c'est-à-dire qu'on leur attribue une intelligence moindre que celle de l'être humain mâle. Le fait lui-même est contestable, son interprétation est douteuse, mais un argument en faveur du caractère secondaire de cette atrophie intellectuelle est que les femmes souffriraient de la rigueur de l'interdit précoce les empêchant de tourner leur pensée vers ce qui les aurait le plus intéressées, à savoir les problèmes de la vie sexuelle. Tant qu'agissent sur les jeunes années de l'être humain, outre l'inhibition de pensée sexuelle, l'inhibition religieuse et celle qui s'en déduit dans les lois de la société, nous ne pouvons réellement pas dire comment est cet être en fait.

Mais je vais là modérer mon zèle et concéder la possibilité que je coure moi aussi derrière une illusion. Peut-être l'effet de l'interdit de pensée religieux n'est-il pas aussi grave que je le suppose, peut-être apparaît-il que la nature humaine reste la même, y compris quand on n'abuse pas de l'éducation pour soumettre à la religion. Je ne le sais pas, et vous ne pouvez pas le savoir non plus. Les grands problèmes de la vie ne sont pas les seuls à paraître en ce moment insolubles, beaucoup de questions moindres aussi sont difficile à trancher. Mais concédez-moi qu'il y a là de quoi justifier un espoir pour l'avenir, que peut-être il y a un trésor à mettre au jour qui peut enrichir la civilisation, qu'il vaut la peine d'entreprendre la tentative d'une éducation irréligieuse. Si elle se révèle insatisfaisante, je suis prêt à abandonner la réforme et à revenir au jugement antérieur, purement descriptif : l'homme est un être de faible intelligence, dominé par ses désirs pulsionnels.

Sur un autre point, je vous approuve sans réserve. C'est assurément un commencement inepte que de vouloir supprimer la religion par la force et d'un coup. Avant tout parce que c'est sans espoir. Le croyant ne se laisse pas arracher sa croyance, ni par des arguments ni par des interdictions. Si l'on y parvenait chez certains, ce serait une cruauté. Qui dort depuis des décennies grâce à des somnifères ne peut naturellement pas dormir si on lui retire ce moyen. Que l'effet des consolations religieuses[a] puisse être comparé à celui d'un narcotique est joliment illustré par ce qui se passe en Amérique. On veut maintenant y retirer aux gens – manifestement sous l'influence du féminisme – tous les produits excitants et enivrants, et en dédommagement on les gave de la crainte de Dieu. Là encore, inutile d'être curieux de l'issue de l'expérience.

Je vous contredis donc lorsque vous concluez en outre que l'homme ne peut absolument pas se passer du réconfort qu'apporte l'illusion religieuse, que sans elle il ne supporterait pas le poids de la vie, la cruelle réalité. Eh oui, c'est le cas de l'homme auquel vous avez instillé dès l'enfance ce doux poison – doux ou doux-amer. Mais l'autre homme, celui qui a grandi sans qu'on l'y fasse goûter ? Peut-être que, ne souffrant pas de la névrose, il n'a pas non plus besoin d'intoxication pour l'anesthésier ? Certes, l'homme se trouvera alors dans une situation difficile, il sera forcé de s'avouer l'ampleur de son désarroi, qu'il est quantité négligeable dans le mécanisme de l'univers, qu'il n'est plus le centre de la création[b], plus l'objet de la tendre sollicitude d'une

a. Freud fait ici référence à la formule de Marx selon laquelle « la religion est le soupir de la créature opprimée, l'âme d'un monde sans cœur, comme elle est l'esprit des conditions sociales d'où l'esprit est exclu. Elle est *l'opium* du peuple » (in *Critique du droit politique hégélien*, Paris, Éditions sociales, 1975, p. 41).

b. En 1915-1917, dans l'*Introduction à la psychanalyse*, Freud affirmait que, avec Copernic et Darwin, « la science a infligé à l'égoïsme naïf de l'humanité deux graves démentis » providence bonne. Il sera dans la même situation que l'enfant qui a quitté la maison paternelle où il était tellement au chaud et se trouvait si bien. Mais n'est-il pas vrai que l'infantilisme est fait pour être dépassé ? L'être humain ne peut rester enfant éternellement, il faut qu'il finisse par sortir, dans la « vie hostile ». On est en droit d'appeler cela l'« éducation à la réalité » ; ai-je besoin de vous révéler que l'unique intention de mon écrit est d'attirer l'attention sur la nécessité de ce progrès ? Vous craignez vraisemblablement que l'homme ne surmonte pas cette difficile épreuve ? Eh bien, espérons néanmoins. C'est déjà quelque chose de savoir qu'on ne doit compter que sur sa propre force. On apprend alors à s'en servir judicieusement. L'homme n'est pas tout à fait sans moyens auxiliaires, sa science lui a beaucoup appris depuis l'époque du déluge et elle continuera encore d'accroître son pouvoir. Quant aux grandes nécessités du destin, contre lesquelles il n'est point de remède, il apprendra tout bonnement à les supporter en s'inclinant. À quoi bon lui faire miroiter la possession d'un grand domaine sur la lune, dont personne n'a jamais vu le moindre produit ? Petit paysan honnête sur cette terre, il saura creuser ses sillons de telle sorte qu'ils le nourrissent. Du fait qu'il ne mettra plus ses espoirs dans l'au-delà et concentrera sur la vie terrestre toutes ses forces ainsi libérées, il parviendra vraisemblablement

(trad. S. Jankélévitch, Paris, Payot, « Petite Bibliothèque Payot », 2000, p. 266). Il considère que la psychanalyse constitue le troisième en affirmant que le moi « n'est pas maître dans sa propre maison » (*ibid.*).

à ce que la vie devienne supportable pour tous et à ce que la civilisation n'écrase plus personne. Alors, et sans regret, il aura le droit de dire, avec un de nos compagnons d'incroyance :

Quant au ciel, nous le laisserons
Aux anges et aux pinsons.

X

« Voilà qui sonne magnifiquement. Une humanité qui a renoncé à toutes les illusions et qui par là même est devenue capable de s'installer sur terre de manière supportable ! Mais je ne puis partager vos espérances. Non que je sois le réactionnaire obtus pour lequel vous me prenez peut-être. Non, c'est en réfléchissant bien. Je crois que nous avons maintenant inversé les rôles. C'est vous qui vous montrez comme l'exalté qui se laisse emporter par des illusions, tandis que moi, je représente l'exigence rationnelle, le droit d'être sceptique. Ce que vous avez exposé là me semble bâti sur des erreurs que, conformément à votre démarche, je puis appeler des illusions, parce qu'elles trahissent assez clairement l'influence de vos désirs. Vous misez sur l'espoir que les générations qui n'auront pas connu dans leur tendre enfance l'influence des dogmes religieux parviendront facilement au primat, que l'on souhaite, de l'intelligence sur la vie pulsionnelle. Voilà bien une illusion ; sur ce point décisif, la nature humaine ne changera guère. Si je ne m'abuse – on en sait si peu sur d'autres civilisations –, il existe aujourd'hui aussi des peuples où l'on ne grandit pas sous la pression d'un système religieux, et ils n'approchent pas plus que d'autres de votre idéal. Si vous entendez supprimer la religion dans notre civilisation européenne, cela ne peut se faire que par un autre système de doctrines, et il prendrait d'emblée tous les caractères psychologiques de la religion, la même sacralité, rigidité, intolérance et, pour se défendre, la même interdiction de penser. Vous êtes obligé d'avoir quelque chose de ce genre pour satisfaire aux exigences de l'éducation. Or, vous ne pouvez pas renoncer à l'éducation. Le chemin est long qui va du nourrisson à l'être humain civilisé, trop de petits humains s'y égareraient et n'arriveraient pas en temps voulu jusqu'aux tâches qui sont les leurs dans la vie, s'ils étaient abandonnés sans direction à leur propre évolution. Les doctrines employées dans leur éducation mettraient toujours des limites à leur pensée dans leurs années de maturité, tout comme vous reprochez à la religion de le faire aujourd'hui. Ne remarquez-vous pas que c'est le défaut indélébile de notre civilisation, de toute civilisation, que d'imposer à l'enfant, mené par ses pulsions et faible de pensée, des décisions que seule peut justifier l'intelligence mûrie de l'adulte ? Mais la civilisation ne peut faire autrement, du fait de la concentration sur quelques années d'enfance de l'évolution séculaire de l'humanité, et l'enfant ne peut être incité que par des forces affectives à effectuer la tâche qu'on lui demande. Telles sont donc les perspectives de votre "primat de l'intellect". »

« Ainsi, il ne faut pas vous étonner que je sois partisan de conserver le système des dogmes religieux comme base de l'éducation et de la vie humaine en communauté. Il s'agit d'un problème pratique, non d'une question de valeur de réalité. Dès lors que, dans l'intérêt de la préservation de notre civilisation, nous ne pouvons pas attendre, pour influencer l'individu, qu'il soit devenu mûr pour la civilisation – certains ne le deviendront jamais –, et que nous sommes obligés d'imposer au jeune un système de doctrines qui ait chez lui l'effet d'un présupposé échappant à la critique, c'est le système religieux qui me paraît être pour cela le système de loin le plus approprié. Bien sûr, c'est à cause précisément de sa capacité d'accomplir les désirs et de réconforter, dans laquelle vous entendiez discerner l'"illusion". Face aux difficultés qu'on rencontre pour connaître fût-ce une part de la réalité, face aux doutes que ce soit seulement possible, nous n'allons tout de même pas refuser de voir que les besoins humains sont aussi un morceau de la réalité, et un morceau important, et qui nous tient particulièrement à cœur. »

« Il y a un autre avantage du dogme religieux, que je trouve dans une autre de ses particularités, qui semble spécialement vous choquer. Il permet une épuration et sublimation conceptuelle où il peut être débarrassé de la plus grande part de ce qui porte trace en lui de la pensée primitive et infantile. Ce qui reste alors est une teneur en idées que la science ne contredit plus et qui ne peut non plus la contredire. Ces transformations du dogme religieux que vous avez condamnées comme des demi-mesures et des compromis rendent possible d'éviter la fracture entre les masses incultes et le penseur philosophique, elles maintiennent la communauté entre eux, si importante pour assurer la civilisation. Il n'est dès lors pas à craindre que l'homme du peuple apprenne que les couches supérieures de la société "ne croient plus en Dieu". Je crois maintenant avoir montré que votre effort se réduit à la tentative de remplacer une illusion éprouvée et pleine de valeur affective par une autre illusion, non éprouvée et indifférente. »

J'entends que vous ne me trouviez pas inaccessible à votre critique. Je sais combien il est difficile d'éviter les illusions ; peut-être les espoirs que je professe sont-ils aussi de nature illusoire. Mais je retiens une différence. Mes illusions – outre qu'aucun châtiment ne menace qui ne les partage pas – ne sont pas impossibles à corriger, comme le sont les religieuses, elles n'en ont pas le caractère hallucinatoire. Si l'expérience devait montrer – non à moi, mais à d'autres après moi, qui pensent de même – que nous nous sommes trompés, nous renoncerons à nos espérances. Prenez donc ma tentative pour ce qu'elle est. Un psychologue, qui ne se leurre pas sur la difficulté qu'il y a à trouver ses marques dans ce monde, s'efforce de juger l'évolution de l'humanité d'après les quelques lumières qu'il a acquises par l'étude des phénomènes psychiques chez l'individu au cours de son développement de l'enfance à l'âge adulte. Ce faisant, l'idée s'impose à lui que la religion est comparable à une névrose infantile, et il est assez optimiste pour supposer que l'humanité surmontera cette phase névrotique, comme tant d'enfants se débarrassent de leur névrose analogue en grandissant. Ces vues, tirées de la psychologie individuelle, peuvent être insuffisantes, leur transfert sur le genre humain peut n'être pas justifié et l'optimisme non fondé ; je vous concède toutes ces incertitudes. Mais souvent on ne peut pas se retenir de dire ce que l'on pense, et l'on s'excuse en ne le donnant pas pour plus que ce qu'il vaut.

Et je dois encore m'arrêter sur deux points. Premièrement, la faiblesse de ma position ne signifie pas une confortation de la vôtre. Je veux dire que vous défendez une cause perdue. Nous pouvons encore souligner tant qu'on voudra que l'intellect humain est sans force en comparaison de la vie pulsionnelle humaine, et avoir en l'occurrence raison. Mais cette faiblesse a néanmoins quelque chose de particulier ; la voix de l'intellect est tout sauf forte, mais elle n'a de cesse qu'elle ne se soit fait entendre. À la fin, après s'être fait dédaigner à d'innombrables reprises, elle est tout de même écoutée. C'est l'un des rares points sur lesquels on a le droit d'être optimiste quant à l'avenir de l'humanité, mais il est par lui-même d'une importance qui n'est pas mince. On peut y rattacher encore d'autres espoirs. Le primat de l'intellect est encore loin, très loin, mais vraisemblablement tout de même pas à une distance infinie. Et comme on peut prévoir qu'il se fixera les mêmes buts que ceux dont vous attendez de votre Dieu qu'il les réalise – à l'échelle humaine naturellement, pour autant que la réalité extérieure, l'*ananké*, le permet –, à savoir l'amour entre les hommes et la réduction de la souffrance, nous avons le droit de nous dire que ce qui fait de nous des adversaires n'est que temporaire et non irréconciliable. Nous espérons la même chose, mais vous êtes plus impatient, plus exigeant et – pourquoi ne pas le dire ? – plus égocentrique

que moi et les miens. Vous voulez faire débuter la félicité juste après la mort, vous exigez d'elle l'impossible et vous ne voulez pas renoncer à l'exigence des personnes individuelles. Notre Dieu Logos[1] réalisera de ces désirs ce que permet la nature extérieure à nous, mais très progressivement, dans un avenir impossible à déterminer, et pour des êtres humains nouveaux.

Il ne promet pas un dédommagement pour nous qui souffrons durement de la vie. Sur le chemin vers ce but lointain, il faut laisser tomber vos dogmes religieux, qu'importe si les premières tentatives échouent, qu'importe si les premiers substituts se révèlent inconsistants. Vous savez pourquoi ; à la longue, rien ne peut résister à la raison et à l'expérience, et la contradiction entre les deux et la religion est par trop tangible. Même les idées religieuses épurées ne sauraient échapper à ce destin, aussi longtemps qu'elles entendent encore sauver quelque chose du contenu réconfortant de la religion. Certes, si elles se contentent d'affirmer l'existence d'un être spirituel suprême dont les qualités sont indéterminables et les intentions impénétrables, elles seront alors à l'abri de l'objection de la science, mais elles seront aussi désertées alors par l'intérêt des hommes.

Et deuxièmement : notez la différence entre votre comportement envers l'illusion et le mien. Vous êtes obligé de défendre l'illusion religieuse de toutes vos forces ; si elle est invalidée – et en vérité elle est passablement menacée –, alors votre monde s'écroule, il ne vous reste plus qu'à désespérer de tout, de la

1. Le couple divin Λόγος – Ἀνάγκη du Hollandais Multatuli.

civilisation et de l'avenir de l'humanité. De cette servitude je suis affranchi, nous le sommes. Comme nous sommes prêts à renoncer à une bonne part de nos désirs infantiles, nous pouvons supporter que quelques-unes de nos espérances se révèlent être des illusions. L'éducation libérée de la pression des dogmes religieux ne changera peut-être pas grand-chose à la nature psychologique de l'homme, notre Dieu Logos n'est peut-être guère tout-puissant, il ne peut accomplir qu'une petite partie de ce que ses prédécesseurs ont promis. Si nous sommes contraints de nous rendre à une telle évidence, nous prendrons la chose en nous inclinant. Nous ne perdrons pas pour autant l'intérêt que nous portons au monde et à la vie, car en un endroit nous avons un point d'appui sûr qui vous manque. Nous croyons en la capacité du travail scientifique d'apprendre quelque chose sur la réalité du monde, par quoi nous pouvons accroître notre pouvoir et d'après quoi nous pouvons organiser notre vie. Si cette croyance est une illusion, alors nous sommes dans la même situation que vous, mais la science nous a apporté la preuve, par de nombreux et importants succès, qu'elle n'est pas une illusion. Elle a de nombreux ennemis déclarés, et davantage encore qui sont masqués, parmi ceux qui ne sauraient lui pardonner d'avoir sapé la foi religieuse et de menacer de la démolir. On lui reproche le peu qu'elle nous a appris et la quantité incomparablement plus grande de ce qu'elle a laissé dans l'ombre. Mais ce faisant on oublie comme elle est jeune, combien ses débuts furent laborieux et comme est infime le laps de temps écoulé depuis que l'intellect humain a trouvé la force d'accomplir ces tâches. Ne commettons-nous pas tous l'erreur de fonder nos jugements sur des périodes trop courtes ? Nous devrions prendre exemple sur les géologues. On se plaint de l'incertitude d'une science qui proclame aujourd'hui comme une loi ce que la génération suivante découvre être une erreur et remplace par une nouvelle loi dont la validité sera tout aussi brève. Mais c'est injuste, et pour une part ce n'est pas vrai. Les variations des opinions scientifiques sont de l'évolution, du progrès, et non de la subversion. Une loi qu'on a tenue d'abord pour absolument valable se révèle être un cas particulier d'une causalité plus globale, ou bien elle est restreinte par une autre loi, qu'on apprend à connaître seulement plus tard ; une approximation grossière de la vérité est remplacée par une approche plus finement adaptée, qui attend à son tour un perfectionnement ultérieur. Dans différents domaines, on n'a pas encore dépassé une phase de la recherche où l'on essaie des hypothèses qu'on doit bientôt rejeter comme insuffisantes ; dans d'autres, en revanche, existe un noyau de connaissances assuré et quasi immuable. On a enfin tenté de dévaloriser radicalement l'effort scientifique en mettant en avant que, lié aux conditions de notre propre organisation, cet effort ne saurait donner d'autres résultats que subjectifs, tandis que la nature réelle des choses qui nous sont extérieures nous demeurerait inaccessible. C'est vouloir ignorer plusieurs facteurs décisifs pour la conception du travail scientifique : que notre organisation, c'est-à-dire notre appareil psychique, s'est développée précisément dans l'effort pour explorer le monde extérieur ; qu'il a donc nécessairement réalisé dans sa structure une part de finalité pragmatique ; que cet appareil est lui-même un élément du monde que nous avons à explorer et qu'il permet fort bien cette exploration ; que la tâche de la science est parfaitement définie si nous la limitons à montrer comment le monde doit nécessairement nous apparaître par suite de la spécificité de notre organisation ; que les résultats ultimes de la science, du fait même de leur mode d'acquisition, sont conditionnés non seulement par notre organisation, mais aussi par ce qui a eu effet sur elle ; et enfin, que le problème d'une structure du monde, abordé sans tenir compte de notre appareil psychique de perception, est une abstraction vide, sans intérêt pratique.

Non, notre science n'est pas une illusion. Mais ce serait une illusion de croire que nous pourrions recevoir d'ailleurs ce qu'elle ne peut nous donner.

Vie de Freud

> « La psychanalyse est ma création : pendant dix ans, j'ai été le seul à m'en occuper, et pendant dix ans, c'est sur ma tête que s'abattaient les critiques par lesquelles les contemporains exprimaient leur mécontentement envers la psychanalyse[1]. »

La vie de Freud (1856-1939) est marquée par l'élaboration de son invention, la psychanalyse, fondée sur la découverte de l'inconscient. Médecin neurologue viennois, marié à Martha Bernays et bientôt père de six enfants, il s'intéresse très vite à l'étiologie des névroses. Après un séjour à Paris (1885) où il prend connaissance du travail de Charcot avec les hystériques à l'hôpital de la Salpêtrière, il ouvre son cabinet à Vienne et reçoit ses premières patientes hystériques. Avec Josef Breuer, il publie les *Études sur l'hystérie* (1895), dans lesquelles il peut exposer la nouvelle méthode cathartique suivie de résultats

1. S. Freud, « Contribution à l'histoire du mouvement psychanalytique », trad. S. Jankélévitch, *Cinq leçons de psychanalyse*, Paris, Payot, « Petite Bibliothèque Payot », 1990, p. 69.

thérapeutiques délivrant les patientes de leurs symptômes.

Dès lors, Freud, tel un conquérant explorant un monde sauvage, poursuit sa recherche, bien que Breuer, dépassé par leur découverte commune, préfère s'en éloigner. Freud entre dans le XXe siècle en publiant *L'Interprétation du rêve* (1900), œuvre qui révolutionne toute l'approche du psychisme humain en dévoilant la logique inconsciente des productions psychiques oniriques. Freud s'appuie aussi bien sur son auto-analyse que sur les rêves de ses patients et même sur les récits de son entourage pour nourrir sa recherche et démontrer sa théorie nouvelle.

À partir de 1907, avec Abraham, Rank, Eitingon, Bleuler, Jung, Ferenczi, Jones et quelques autres, il fondera le mouvement psychanalytique en Europe. À l'invitation de Stanley Hall, président de la Clark University, Freud se rendra même en Amérique du Nord en 1909 afin de faire connaître sa création outre-Atlantique. Il est soucieux de diffuser la psychanalyse mais aussi de ne pas laisser sa puissante découverte être dévoyée. Il jugera ainsi nécessaire de fonder une Association Psychanalytique Internationale « afin de prévenir les abus qui pourraient se commettre au nom de la psychanalyse, une fois qu'elle serait devenue populaire[1] ».

Il affronte de tous côtés les critiques à l'encontre de la psychanalyse, qui bouleverse radicalement les croyances traditionnelles, parfois puritaines, à l'égard de l'existence humaine, de la sexualité, de la connaissance et de la morale. Ses avancées seront à

1. *Ibid.*, p. 119.

l'origine de certaines ruptures, notamment avec Carl Gustav Jung en 1913 (médecin au Burghölzli à Zurich) qui refusa de reconnaître la thèse de Freud sur le caractère sexuel de la libido (1905). Freud rend compte des résistances que la psychanalyse rencontra dans *Contribution à l'histoire du mouvement psychanalytique* (1914). La disparition accidentelle et prématurée en 1925 de Karl Abraham, président de la société psychanalytique de Berlin, affectera profondément Freud, ce dont témoigne la correspondance (1907-1925) entre les deux hommes.

La Première Guerre mondiale le conduit à s'interroger dans ses *Considérations actuelles sur la guerre et la mort* sur le rapport de l'être humain à la destruction. Ainsi, tout en avançant dans sa conception de la cure analytique, il étend ses recherches à la civilisation et à ses impasses. Avant l'arrivée d'Hitler au pouvoir en Allemagne en 1933, Freud analyse déjà dans *Psychologie des foules et analyse du Moi* (1921) le rapport hypnotique au leader, dont ses découvertes sur l'identification et l'idéal du Moi rendent compte de façon inédite. Dans *Le Malaise dans la civilisation* en 1930, il s'inquiète à plusieurs reprises de la possibilité d'une politique d'extermination, pressentant l'arrivée de la Seconde Guerre mondiale et de ses ravages. En 1939, il est obligé de quitter Vienne avec sa famille, car le régime nazi condamne ses théories. Avec l'aide de Marie Bonaparte, il rejoint la France, puis s'installe à Londres où il parvient à poursuivre sa pratique, jusqu'à sa mort, la même année.

Clotilde Leguil

Bibliographie

Œuvres majeures de Freud

1895. *Études sur l'hystérie* (Freud et Breuer), trad. A. Berman, Paris, PUF, 1996.

1899-1900. *L'Interprétation du rêve*, trad. J.-P. Lefebvre, Paris, Seuil, 2010.

1901. *Psychopathologie de la vie quotidienne*, trad. S. Jankélévitch, Paris, Payot, « Petite Bibliothèque Payot », 1996.

1905. *Trois essais sur la théorie de la sexualité*, trad. B. Reverchon-Jouve, Paris, Gallimard, « Folio essais », 1985.

1905. *Le Mot d'esprit dans sa relation avec l'inconscient*, trad. D. Messier, Paris, Gallimard, « Folio essais », 1992.

1905-1918. *Cinq psychanalyses*, trad. M. Bonaparte et R. M. Loewenstein, Paris, PUF, 1988.

1907. *Délire et rêves dans la « Gradiva » de Jensen*, trad. M. Bonaparte, Paris, Gallimard, 1949.

1910. *Cinq leçons sur la psychanalyse*, trad. Y. Le Lay, Paris, Payot, « Petite Bibliothèque Payot », 1990.

1910. *Un souvenir d'enfance de Léonard de Vinci*, trad. D. Tassel, Paris, Points, « Points Essais », 2011.

1912. *Totem et Tabou*, trad. D. Tassel, Paris, Points, « Points Essais », 2010.

1914. « Pour introduire le narcissisme », in *La Vie sexuelle*, trad. D. Berger, J. Laplanche, Paris, PUF, 1995.

1915-1917. *Métapsychologie*, trad. J. Laplanche et J.-B. Pontalis, Paris, Gallimard, « Idées », 1976.
1915-1917. *Introduction à la psychanalyse*, trad. S. Jankélévitch, Paris, Payot, « Petite Bibliothèque Payot », 2000.
1918. « Le tabou de la virginité », *La Vie sexuelle*, trad. D. Berger, J. Laplanche, Paris, PUF, 1995.
1919. « L'inquiétante étrangeté (*Das Unheimliche*) », in *Essais de psychanalyse appliquée*, trad. M. Bonaparte et E. Marty, Paris, Gallimard, « Idées », 1971.
1920. « Au-delà du principe de plaisir », trad. J. Laplanche et J.-B. Pontalis, in *Essais de psychanalyse*, Payot, « Petite Bibliothèque Payot », 1997.
1921. « Psychologie des foules et analyse du moi », trad P. Cotet, A. Bourguignon, J. Altounian, O. Bourguignon et A. Rauzy, in *Essais de psychanalyse*, Payot, « Petite Bibliothèque Payot », 1997.
1923. « La disparition du complexe d'Œdipe », in *La Vie sexuelle*, trad. D. Berger, J. Laplanche *et al*., Paris, PUF, 1995.
1924. « Névrose et psychose », trad. D. Guérineau, in *Névrose, psychose, perversion*, Paris, PUF, 1997.
1926. *Inhibition, symptôme, angoisse*, trad. M. Tort, Paris, PUF, 1990.
1927. *L'Avenir d'une illusion*, présente édition.
1930. *Le Malaise dans la civilisation*, trad. B. Lortholary, Points, « Points Essais », 2010.
1932. *Nouvelles conférences d'introduction à la psychanalyse*, trad. C. Heim, Paris, Gallimard, « Folio essais », 1993.
1937. « L'analyse avec fin et l'analyse sans fin », trad. J. Altounian, A. Bourguignon, P. Cotet, A. Rauzy, in *Résultats, idées, problèmes, II* (1921-1938), Paris, PUF, 2005.
1939. *L'Homme Moïse et la Religion monothéiste*, trad. C. Heim, Paris, Gallimard, « Folio essais », 1993.

Autour de L'Avenir d'une illusion

1784. E. Kant, « Réponse à la question : "Qu'est-ce que les Lumières" ? », trad. S. Piobetta, in *La Philosophie de l'histoire* (opuscules), Paris, Denoël, 1986.

1843. K. Marx, *Critique du droit politique hégélien*, in *Sur la religion*, Paris, Éditions sociales, 1975.

1912. É. Durkheim, *Les Formes élémentaires de la vie religieuse, le système totémique en Australie*, Paris, PUF, 1968.

1919. M. Weber, *Le Savant et le Politique*, trad. J. Freund, Paris, 10-18, 1963.

1932. H. Bergson, *Les Deux Sources de la morale et de la religion*, in *Œuvres*, Paris, PUF, 1959.

1927. M. Heidegger, *Être et temps*, trad. F. Vezin, Paris, Gallimard, 2007.

1946. J.-P. Sartre, *L'existentialisme est un humanisme*, Paris, Nagel, 1970.

1947. C. Lévi-Strauss, *Les Structures élémentaires de la parenté*, Berlin, Mouton de Gruyter, 2002.

1953. J. Lacan, « Fonction et champ de la parole et du langage en psychanalyse », in *Écrits*, Paris, Seuil, « Champ freudien », 1995.

1959-1960. J. Lacan, *Le Séminaire, livre VII, L'éthique de la psychanalyse*, texte établi par J.-A. Miller, Paris, Seuil, « Champ freudien », 1986.

1960. J. Lacan, *Le Triomphe de la religion*, Paris, Seuil, « Paradoxes de Lacan », 2005.

1962-1963. J. Lacan, *Le Séminaire, livre X, L'angoisse*, texte établi par J.-A. Miller, Paris, Seuil, « Champ freudien », 2004.

1964. J. Lacan, *Le Séminaire, livre XI, Les quatre concepts fondamentaux de la psychanalyse*, Paris, Seuil, « Champ freudien », 1973.

Table

RÉALISATION : NORD COMPO À VILLENEUVE-D'ASCQ
IMPRESSION : NORMANDIE ROTO IMPRESSION S.A.S. À LONRAI
DÉPÔT LÉGAL : MARS 2011. N° 103149-2 (111109)
IMPRIMÉ EN FRANCE